**ROMANCEIRO
GITANO
E OUTROS
POEMAS**

CLÁSSICOS

J. Michelet — *O Povo*
Machado de Assis — *Dom Casmurro*
J.-J. Rousseau — *O Contrato Social*
R. Descartes — *Discurso do Método*
N. Maquiavel — *O Príncipe*
Erasmo — *Elogio da Loucura*
A. Comte — *Discurso sobre o Espírito Positivo*
Voltaire — *Cândido*
Aristóteles — *Política*
C. Beccaria — *Dos Delitos e das Penas*
T. Hobbes — *Do Cidadão*
Lancelot/Arnauld — *Gramática de Port-Royal*
P. Verri — *Observações sobre a Tortura*
Vários — *Poesia Lírica Latina*
D. Hume — *Diálogos sobre a Religião Natural*
F. Pessoa — *Poesias de Álvaro de Campos*
Matias Aires — *Reflexões sobre a Vaidade dos Homens*
Montesquieu — *O Espírito das Leis*
P. Commelin — *Mitologia Grega e Romana*
Stendhal — *Do Amor*
F. G. Lorca — *Romanceiro Gitano e outros Poemas*

Próximos lançamentos

J.-J. Rousseau — *Discurso sobre a Origem e os Fundamentos da Desigualdade entre os Homens e Discurso sobre as Ciências e as Artes*
Voltaire — *Tratado sobre a Tolerância*

ROMANCEIRO GITANO E OUTROS POEMAS

Federico Garcia Lorca

TRADUÇÃO:
WILLIAM AGEL DE MELO

Martins Fontes
São Paulo — 1993

Título dos originais:
ROMANCERO GITANO, POETA EN NUEVA YORK,
LLANTO POR IGNACIO SÁNCHEZ MEJÍAS
Copyright © 1987 by Herdeiros de Federico García Lorca
Copyright © 1989 para esta edição
Livraria Martins Fontes Editora Ltda.

1.ª edição brasileira: junho de 1993

Tradução: William Agel de Melo
Revisão tipográfica:
Vadim Valentinovitch Nikitin
Dinarte Zorzanelli da Silva

Produção gráfica: Geraldo Alves
Composição: Marcos de Oliveira Martins

Capa — Projeto: Alexandre Martins Fontes

Dados Internacionais de Catalogação na Publicação (CIP)
(Câmara Brasileira do Livro, SP, Brasil)

Garcia Lorca, Federico, 1898-1936.
  Romanceiro gitano e outros poemas / Federico Garcia Lorca ; [tradução William Agel de Melo]. — São Paulo : Martins Fontes, 1993. — (Clássicos)

  ISBN 85-336-0177-8

  1. Poesia espanhola I. Título. II. Série.

93-0784   CDD-861

Índices para catálogo sistemático:

1. Poesia : Século 20 : Literatura espanhola   861
2. Século 20 : Poesia : Literatura espanhola   861

Todos os direitos desta edição para a língua portuguesa reservados à
LIVRARIA MARTINS FONTES EDITORA LTDA.
Rua Conselheiro Ramalho, 330/340 — Tel.: 239-3677
01325-000 — São Paulo — SP — Brasil

SUMÁRIO

Romanceiro gitano 1
Poeta em Nova York 109
Pranto por Ignacio Sánchez Mejías 315

ROMANCERO GITANO
(1924-1927)

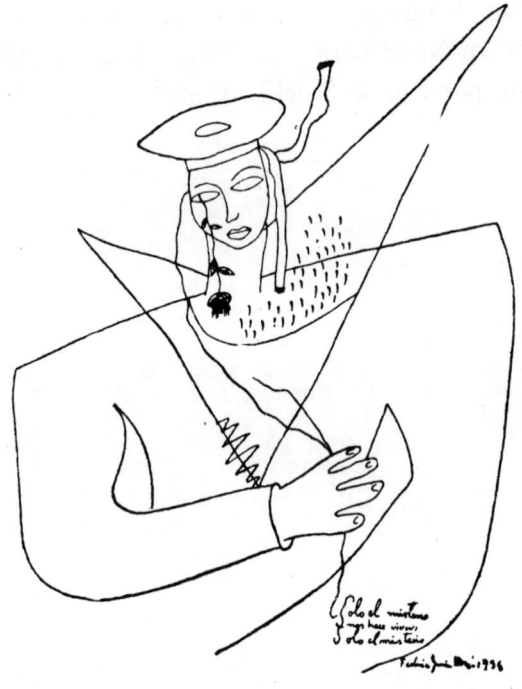

Solo el misterio nos hace vivir. Solo el misterio
Só o mistério nos faz viver. Só o mistério

ROMANCEIRO GITANO
(1924-1927)

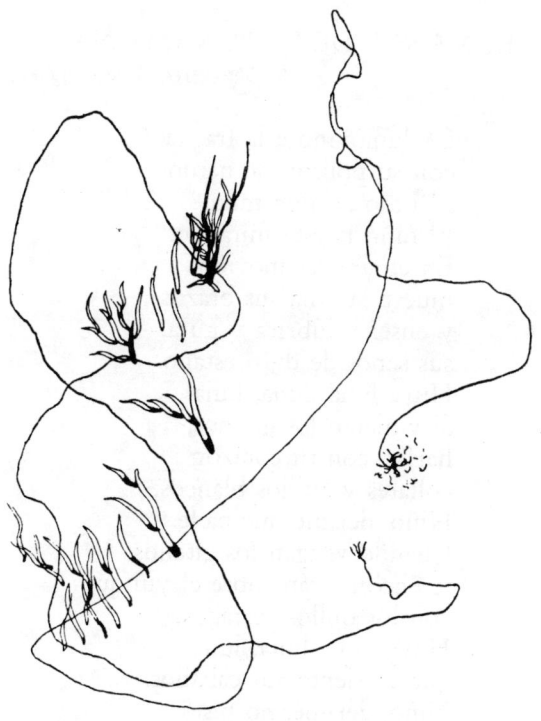

El ocho / O oito

1

ROMANCE DE LA LUNA, LUNA
A Conchita García Lorca

La luna vino a la fragua
con su polisón de nardos.
El niño la mira mira.
El niño la está mirando.
En el aire conmovido
mueve la luna sus brazos
y enseña, lúbrica y pura,
sus senos de duro estaño.
Huye luna, luna, luna.
Si vinieran los gitanos,
harían con tu corazón
collares y anillos blancos.
Niño, déjame que baile.
Cuando vengan los gitanos,
te encontrarán sobre el yunque
con los ojillos cerrados.
Huye luna, luna, luna,
que ya siento sus caballos.
Niño, déjame, no pises
mi blancor almidonado.

1

ROMANCE DA LUA, LUA
A Conchita García Lorca

A lua veio à frágua
com sua anquinha de nardos.
O menino a olha olha.
O menino a está olhando.
No ar comovido
move a lua seus braços
e exibe, lúbrica e pura,
seus seios de duro estanho.
Foge, lua, lua, lua.
Se viessem os ciganos,
fariam com teu coração
colares e anéis brancos.
Menino, deixa que eu dance.
Quando vierem os ciganos,
te encontrarão sobre a bigorna
com os olhinhos fechados.
Foge, lua, lua, lua,
que já ouço seus cavalos.
Menino, deixa-me, não pises
minha brancura engomada.

El jinete se acercaba
tocando el tambor del llano.
Dentro de la fragua el niño,
tiene los ojos cerrados.

Por el olivar venían,
bronce y sueño, los gitanos.
Las cabezas levantadas
y los ojos entornados.

¡Cómo canta la zumaya,
ay cómo canta en el árbol!
Por el cielo va la luna
con un niño de la mano.

Dentro de la fragua lloran,
dando gritos, los gitanos.
El aire la vela, vela.
El aire la está velando.

O ginete se acercava
tocando o tambor da planície.
Dentro da frágua o menino
está com os olhos fechados.

Pelo oliveiral vinham,
bronze e sonho, os ciganos.
As cabeças levantadas
e os olhos semicerrados.

Como canta o bufo,
ai, como canta na árvore!
Pelo céu vai a lua
com um menino na mão.

Dentro da frágua choram,
dando gritos, os ciganos.
O ar vela-a, vela.
O ar a está velando.

2

PRECIOSA Y EL AIRE
A Dámaso Alonso

Su luna de pergamino
Preciosa tocando viene
por un anfibio sendero
de cristales y laureles.
El silencio sin estrellas,
huyendo del sonsonete,
cae donde el mar bate y canta
su noche llena de peces.
En los picos de la sierra
los carabineros duermen
guardando las blancas torres
donde viven los ingleses.
Y los gitanos del agua
levantan por distraerse,
glorietas de caracolas
y ramas de pino verde.

*

Su luna de pergamino
Preciosa tocando viene.
Al verla se ha levantado
el viento que nunca duerme.

2

PRECIOSA E O AR
A Dámaso Alonso

Sua lua de pergaminho
Preciosa tocando vem
por uma anfíbia vereda
de cristais e loureiros.
O silêncio sem estrelas,
fugindo da música,
cai onde o mar bate e canta
sua noite cheia de peixes.
Nos picos da serra
os carabineiros dormem
guardando as brancas torres
onde vivem os ingleses.
E os gitanos da água
levantam para distrair-se,
praças de caracóis
e ramos de pinho verde.

*

Sua lua de pergaminho
Preciosa tocando vem.
Ao vê-la, levantou-se
o vento que nunca dorme.

San Cristobalón desnudo,
lleno de lenguas celestes,
mira a la niña tocando
una dulce gaita ausente.

Niña, deja que levante
tu vestido para verte.
Abre en mis dedos antiguos
la rosa azul de tu vientre.

Preciosa tira el pandero
y corre sin detenerse.
El viento-hombrón la persigue
con una espada caliente.

Frunce su rumor el mar.
Los olivos palidecen.
Cantan las flautas de umbría
y el liso gong de la nieve.

¡Preciosa, corre, Preciosa,
que te coge el viento verde!
¡Preciosa, corre, Preciosa!
¡Míralo por donde viene!
Sátiro de estrellas bajas
con sus lenguas relucientes.

*

Preciosa, llena de miedo,
entra en la casa que tiene,
más arriba de los pinos,
el cónsul de los ingleses.

São Cristóvão desnudo,
cheio de línguas celestes,
olha a menina tocando
uma doce gaita ausente.

Menina, deixa que levante
teu vestido para ver-te.
Abre em meus dedos antigos
a rosa azul de teu ventre.

Preciosa atira o pandeiro
e corre sem se deter.
O vento-homenzarrão a persegue
com uma espada quente.

Franze sem rumor o mar.
As oliveiras empalidecem.
Cantam as plantas de umbria
e o liso gongo da neve.

Preciosa, corre, Preciosa,
que te pega o vento verde!
Preciosa, corre, Preciosa!
Olha por onde ele vem!
Sátiro de estrelas baixas
com suas línguas reluzentes.

*

Preciosa, cheia de medo,
entra na casa que tem,
mais acima dos pinheiros,
o cônsul dos ingleses.

Asustados por los gritos
tres carabineros vienen,
sus negras capas ceñidas
y los gorros en las sienes.

El inglés da a la gitana
un vaso de tibia leche,
y una copa de ginebra
que Preciosa no se bebe.

Y mientras cuenta, llorando,
su aventura a aquella gente,
en las tejas de pizarra
el viento, furioso, muerde.

Assustados pelos gritos
três carabineiros vêm,
suas negras capas cingidas
e os gorros nas fontes.

O inglês dá à gitana
um copo de leite morno,
e um copo de genebra
que Preciosa não bebe.

E enquanto conta, chorando,
sua aventura àquela gente,
nas telhas de piçarra
o vento, furioso, morde.

3

REYERTA

A Rafael Méndez

En la mitad del barranco
las navajas de Albacete,
bellas de sangre contraria,
relucen como los peces.
Una dura luz de naipe,
recorta en el agrio verde,
caballos enfurecidos
y perfiles de jinetes.
En la copa de un olivo
lloran dos viejas mujeres.
El toro de la reyerta
se sube por las paredes.
Angeles negros traían
pañuelos y agua de nieve.
Angeles con grandes alas
de navajas de Albacete.
Juan Antonio el de Montilla
rueda muerto la pendiente,
su cuerpo lleno de lirios
y una granada en las sienes.
Ahora monta cruz de fuego,
carretera de la muerte.

3

RIXA

A Rafael Méndez

Na metade do barranco
as navalhas de Albacete,
belas de sangue contrário,
reluzem como os peixes.
Uma dura luz de naipe
recorta no agro verde
cavalos enfurecidos
e perfis de ginetes.
Na copa de uma oliveira
choram duas velhas mulheres.
O touro da rixa
sobe pelas paredes.
Anjos negros traziam
lenços e água de neve.
Anjos com grandes asas
de navalhas de Albacete.
João Antônio, o de Montilha
rola morto a encosta,
seu corpo cheio de lírios
e uma romã nas fontes.
Agora monta cruz de fogo,
estrada da morte.

*

El juez, con guardia civil,
por los olivares viene.
Sangre resbalada gime
muda canción de serpiente.
Señores guardias civiles:
aquí pasó lo de siempre.
Han muerto cuatro romanos
y cinco cartagineses.

*

La tarde loca de higueras
y de rumores calientes
cae desmayada en los muslos
heridos de los jinetes.
Y ángeles negros volaban
por el aire del poniente.
Angeles de largas trenzas
y corazones de aceite.

*

O juiz, com guarda civil,
pelos olivedos vem.
Sangue resvalado geme
muda canção de serpente.
Senhores guardas-civis:
aqui passou-se o de sempre.
Morreram quatro romanos
e cinco cartagineses.

*

A tarde louca de figueiras
e de rumores quentes
cai desmaiada nas coxas
feridas dos ginetes.
E anjos negros voavam
pelos ares do poente.
Anjos de compridas tranças
e corações de azeite.

4

ROMANCE SONAMBULO
A Gloria Giner
y Fernando de los Ríos

Verde que te quiero verde.
Verde viento. Verdes ramas.
El barco sobre la mar
y el caballo en la montaña.
Con la sombra en la cintura
ella sueña en su baranda,
verde carne, pelo verde,
con ojos de fría plata.
Verde que te quiero verde.
Bajo la luna gitana,
las cosas la están mirando
y ella no puede mirarlas.

*

Verde que te quiero verde.
Grandes estrellas de escarcha,
vienen con el pez de sombra
que abre el camino del alba.
La higuera frota su viento
con la lija de sus ramas,
y el monte, gato garduño,

4

ROMANCE SONÂMBULO

A Gloria Giner
e Fernando de los Ríos

Verde que te quero verde.
Verde vento. Verdes ramas.
O barco no mar
e o cavalo na montanha.
Com a sombra na cintura
ela sonha em seu balcão,
verde carne, pêlo verde,
com olhos de fria prata.
Verde que te quero verde.
Sob a lua gitana,
as coisas a estão olhando
e ela não pode olhá-las.

*

Verde que te quero verde.
Grandes estrelas de escarcha,
vêm com o peixe de sombra
que abre o caminho da alba.
A figueira esfrega o seu vento
com a lixa de seus ramos,
e o monte, gato larápio,

eriza sus pitas agrias.
¿Pero quién vendrá? ¿Y por dónde...?
Ella sigue en su baranda,
verde carne, pelo verde,
soñando en la mar amarga.
Compadre, quiero cambiar
mi caballo por su casa,
mi montura por su espejo,
mi cuchillo por su manta.
Compadre, vengo sangrando,
desde los puertos de Cabra.
Si yo pudiera, mocito,
ese trato se cerraba.
Pero yo ya no soy yo,
ni mi casa es ya mi casa.
Compadre, quiero morir
decentemente en mi cama.
De acero, si puede ser,
con las sábanas de holanda
¿No ves la herida que tengo
desde el pecho a la garganta?
Trescientas rosas morenas
lleva tu pechera blanca.
Tu sangre rezuma y huele
alrededor de tu faja.
Pero yo ya no soy yo,
ni mi casa es ya mi casa.
Dejadme subir al menos
hasta las altas barandas,
¡dejadme subir!, dejadme
hasta las verdes barandas.
Barandales de la luna
por donde retumba el agua.

eriça suas pitas acres.
Mas quem virá? E por onde...?
Ela continua em seu balcão,
verde carne, pêlo verde,
sonhando com o mar amargo.
Compadre, quero trocar
meu cavalo por sua casa,
meu arreio por seu espelho,
minha faca por sua manta.
Compadre, venho sangrando,
desde os portos de Cabra.
Se eu pudesse, mocinho,
esse trato se fechava.
Porém eu já não sou eu,
nem meu lar é mais meu lar.
Compadre, quero morrer
decentemente em minha cama.
De aço, se puder ser,
com os lençóis de holanda.
Não vês a ferida que tenho
do peito até a garganta?
Trezentas rosas morenas
traz o teu peitilho branco.
Teu sangue ressuma e cheira
ao redor de tua faixa.
Porém eu já não sou eu,
nem meu lar é mais meu lar.
Deixai-me subir ao menos
até as altas varandas,
deixai-me subir! deixai-me
até as verdes varandas.
Corrimões da lua
por onde retumba a água.

*

Ya suben los dos compadres
hacia las altas barandas.
Dejando un rastro de sangre.
Dejando un rastro de lágrimas.
Temblaban en los tejados
farolillos de hojalata.
Mil panderos de cristal,
herían la madrugada.

*

Verde que te quiero verde,
verde viento, verdes ramas.
Los dos compadres subieron.
El largo viento, dejaba
en la boca un raro gusto
de hiel, de menta y de albahaca.
¡Compadre! ¿Dónde está, dime?
¿Dónde está tu niña amarga?
¡Cuántas veces te esperó!
¡Cuantas veces te esperara,
cara fresca, negro pelo,
en esta verde baranda!

*

Sobre el rostro del aljibe
se mecía la gitana.
Verde carne, pelo verde,
con ojos de fría plata.
Un carámbano de luna
la sostiene sobre el agua.
La noche se puso íntima
como una pequeña plaza.
Guardias civiles borrachos

*

Já sobem os dois compadres
rumo às altas varandas.
Deixando um rastro de sangue.
Deixando um rastro de lágrimas.
Tremiam nos telhados
candeeirinhos de lata.
Mil pandeiros de cristal
feriam a madrugada.

*

Verde que te quero verde,
verde vento, verdes ramas.
Os dois compadres subiram.
O longo vento deixava
na boca um raro gosto
de fel, de menta e alfavaca.
Compadre! Onde está, dize-me?
Onde está a tua jovem amarga?
Quantas vezes te esperou!
Quantas vezes te esperara,
rosto fresco, cabelo negro,
nesta verde varanda!

*

Sobre a boca da cisterna
embalava-se a gitana.
Verde carne, pêlo verde,
com olhos de fria prata.
Um carambano de lua
sustenta-a sobre a água.
A noite tornou-se íntima
como uma pequena praça.
Os guardas, bêbedos,

en la puerta golpeaban.
Verde que te quiero verde.
Verde viento. Verdes ramas.
El barco sobre la mar.
Y el caballo en la montaña.

davam murros na porta.
Verde que te quero verde.
Verde vento. Verdes ramas.
O barco no mar.
E o cavalo na montanha.

5

LA MONJA GITANA
A José Moreno Villa

Silencio de cal y mirto.
Malvas en las hierbas finas.
La monja borda alhelíes
sobre una tela pajiza.
Vuelan en la araña gris,
siete pájaros del prisma.
La iglesia gruñe a lo lejos
como un oso panza arriba.
¡Qué bien borda! ¡Con qué gracia!
Sobre la tela pajiza,
ella quisiera bordar
flores de su fantasía.
¡Qué girasol! ¡Qué magnolia
de lentejuelas y cintas!
¡Qué azafranes y qué lunas,
en el mantel de la misa!
Cinco toronjas se endulzan
en la cercana cocina.
Las cinco llagas de Cristo
cortadas en Almería.
Por los ojos de la monja
galopan dos caballistas.

5

A MONJA GITANA
A José Moreno Villa

Silêncio de cal e mirto.
Malvas entre as ervas finas.
A monja borda alelis
sobre um pano palhiço.
Voam na aranha gris
sete pássaros do prisma.
A igreja grunhe ao longe
como um urso de barriga para cima.
Quão bem borda! Com que graça!
sobre o pano palhiço,
ela quisera bordar
flores de sua fantasia.
Que girassol! Que magnólia
de lantejoulas e cintas!
Que açafrões e que luas,
no mantel da missa!
Cinco toranjas se adoçam
na próxima cozinha.
As cinco chagas de Cristo
cortadas em Almeria.
Pelos olhos da monja
galopam dois cavaleiros.

Un rumor último y sordo
le despega la camisa,
y al mirar nubes y montes
en las yertas lejanías,
se quiebra su corazón
de azúcar y yerbaluisa.
¡Oh!, qué llanura empinada
con veinte soles arriba.
¡Qué ríos puestos de pie
vislumbra su fantasía!
Pero sigue con sus flores,
mientras que de pie, en la brisa,
la luz juega el ajedrez
alto de la celosía.

Um rumor último e surdo
lhe desprega a camisa,
e ao olhar nuvens e montes
nas hirtas lonjuras,
parte-se o seu coração
de açúcar e erva-luísa.
Oh! que planura empinada
com vinte sóis em cima.
Que rios postos de pé
vislumbra sua fantasia!
Mas segue com suas flores,
enquanto de pé, na brisa,
a luz joga xadrez
no alto da gelosia.

LA CASADA INFIEL

A Lydia Cabrera
y A SU NEGRITA

Y que yo me la llevé al río
creyendo que era mozuela,
pero tenía marido.
Fue la noche de Santiago
y casi por compromiso.
Se apagaron los faroles
y se encendieron los grillos.
En las últimas esquinas
toqué sus pechos dormidos,
y se me abrieron de pronto
como ramos de jacintos.
El almidón de su enagua
me sonaba en el oído,
como una pieza de seda
rasgada por diez cuchillos.
Sin luz de plata en sus copas
los árboles han crecido,
y un horizonte de perros
ladra muy lejos del río.

6

A CASADA INFIEL

A LYDIA CABRERA
E A SUA NEGRITA

E eu que a levei ao rio,
pensando que fosse donzela,
porém já tinha marido.
Foi na noite de Santiago
e quase por compromisso.
Apagaram-se os lampiões
e acenderam-se os grilos.
Nas últimas esquinas
apalpei seus peitos dormidos,
que para mim logo se abriram
como ramos de jacintos.
A goma de sua anágua
soava em meu ouvido
como uma peça de seda
rasgada por dez facas.
Sem luz de prata em suas copas
as árvores cresceram,
e um horizonte de cães
ladra mui longe do rio.

*

Pasadas las zarzamoras,
los juncos y los espinos,
bajo su mata de pelo
hice un hoyo sobre el limo.
Yo me quité la corbata.
Ella se quitó el vestido.
Yo el cinturón con revólver
Ella sus cuatro corpiños.
Ni nardos ni caracolas
tienen el cutis tan fino,
ni los cristales con luna
relumbran con ese brillo.
Sus muslos se me escapaban
como peces sorprendidos,
la mitad llenos de lumbre,
la mitad llenos de frío.
Aquella noche corrí
el mejor de los caminos,
montado en potra de nácar
sin bridas y sin estribos.
No quiero decir, por hombre,
las cosas que ella me dijo.
La luz del entendimiento
me hace ser muy comedido.
Sucia de besos y arena,
yo me la llevé del río.
Con el aire se batían
las espadas de los lirios.

Me porté como quien soy.
Como un gitano legítimo.
La regalé un costurero
grande de raso pajizo,

*

　　Passadas as amoras,
os juncos e os espinheiros,
debaixo de sua mata de pêlo
fiz um fojo sobre o limo.
Eu tirei a gravata.
Ela tirou o vestido.
Eu, o cinturão com revólver.
Ela, seus quatro corpetes.
Nem nardos nem caracóis
têm uma cútis tão fina,
nem os cristais ao luar
relumbram com tanto brilho.
Suas coxas se esquivavam de mim
como peixes surpreendidos,
metade cheias de lume,
metade cheias de frio.
Aquela noite corri
o melhor dos caminhos,
montado em potra de nácar
sem bridas e sem estribos.
Não quero dizer, como homem que sou,
as coisas que ela me disse.
A luz do entendimento
me faz ser muito comedido.
Suja de beijos e areia,
levei-a do rio comigo.
Com a aragem lutavam
as espadas dos lírios.

　　Portei-me como quem sou.
Como um gitano legítimo.
Dei-lhe uma cesta de costura,
grande, de raso palhiço,

y no quise enamorarme
porque teniendo marido
me dijo que era mozuela
cuando la llevaba al río.

e não quis enamorar-me
porque tendo ela marido
me disse que era donzela
quando eu a levava ao rio.

7

ROMANCE DE LA PENA NEGRA
A José Navarro Pardo

Las piquetas de los gallos
cavan buscando la aurora,
cuando por el monte oscuro
baja Soledad Montoya
Cobre amarillo, su carne,
huele a caballo y a sombra.
Yunques ahumados sus pechos,
gimen canciones redondas.
Soledad, ¿por quién perguntas
sin compaña y a estas horas?
Pregunte por quien pregunte,
dime: ¿a ti qué se te importa?
Vengo a buscar lo que busco,
mi alegría y mi persona.
Soledad de mis pesares,
caballo que se desboca,
al fin encuentra la mar
y se lo tragan las olas.
No me recuerdes el mar,
que la pena negra, brota
en las tierras de aceituna
bajo el rumor de las hojas.

7

ROMANCE DE PENA NEGRA
A José Navarro Pardo

As picaretas dos galos
cavam buscando a aurora,
quando pelo monte escuro
baixa Soledad Montoya
Cobre amarelo, sua carne,
cheira a cavalo e a sombra.
Bigornas afumadas seus peitos,
gemem canções redondas.
Soledad, por quem perguntas
sem companheira e a estas horas?
Pergunte por quem pergunte,
dize-me: que te importa?
Venho buscar o que busco,
minha alegria e minha pessoa.
Soledad de meus pesares,
cavalo que se desboca,
por fim encontra o mar
e o tragam as ondas.
Não me recordes o mar,
que a pena negra brota
nas terras da azeitona
sob o rumor das folhas.

¡Soledad, qué pena tienes!
¡Qué pena tan lastimosa!
Lloras zumo de limón
agrio de espera y de boca.
¡Qué pena tan grande! Corro
mi casa como una loca,
mis dos trenzas por el suelo,
de la cocina a la alcoba.
¡Qué pena! Me estoy poniendo
de azabache, carne y ropa.
¡Ay mis camisas de hilo!
¡Ay mis muslos de amapola!
Soledad: lava tu cuerpo
con agua de las alondras,
y deja tu corazón
en paz, Soledad Montoya.

*

Por abajo canta el río:
volante de cielo y hojas.
Con flores de calabaza,
la nueva luz se corona.
¡Oh pena de los gitanos!
Pena limpia y siempre sola.
¡Oh pena de cauce oculto
y madrugada remota!

Soledad, que pena tens!
Que pena tão lastimosa!
Choras sumo de limão
agro de espera e de boca.
Que pena tão grande! Corro
minha casa como uma louca,
minhas duas tranças pelo chão,
da cozinha à alcova.
Que pena! Estou me tornando
de azeviche, carne e roupa.
Ai, minhas camisas de fio!
Ai, minhas coxas de amapola!
Soledad, lava teu corpo
com água das cotovias,
e deixa teu coração
em paz, Soledad Montoya.

*

Lá embaixo canta o rio:
volante de céu e folhas.
Com flores de cabaceira,
a nova luz se coroa.
Oh! pena dos gitanos!
Pena limpa e sempre só.
Oh! pena de álveo oculto
e madrugada remota!

8

SAN MIGUEL
(GRANADA)

A Diego Buigas de Dalmáu

Se ven desde las barandas,
por el monte, monte, monte,
mulos y sombras de mulos
cargados de girasoles.

Sus ojos en las umbrías
se empañan de inmensa noche.
En los recodos del aire,
cruje la aurora salobre.

Un cielo de mulos blancos
cierra sus ojos de azogue
dando a la quieta penumbra
un final de corazones.
Y el agua se pone fría
para que nadie la toque.
Agua loca y descubierta
por el monte, monte, monte.

*

San Miguel lleno de encajes
en la alcoba de su torre,

8

SÃO MIGUEL
(GRANADA)

A Diego Buigas de Dalmáu

Vêem-se desde as varandas,
pelo monte, monte, monte,
mulos e sombras de mulos
carregados de girassóis.

  Seus olhos nas umbrias
se empanam de imensa noite.
Nos ângulos do ar,
range a aurora salobra.

  Um céu de mulos brancos
fecha seus olhos de azougue
dando à quieta penumbra
um final de corações.
E a água se torna fria
para que ninguém a toque.
Água louca e descoberta
pelo monte, monte, monte.

*

  São Miguel cheio de encaixes
na alcova de sua torre

enseña sus bellos muslos
ceñidos por los faroles.

  Arcángel domesticado
en el gesto de las doce,
finge una cólera dulce
de plumas y ruiseñores.
San Miguel canta en los vidrios;
efebo de tres mil noches,
fragante de agua colonia
y lejano de las flores.

*

  El mar baila por la playa,
un poema de balcones.
Las orillas de la luna
pierden juncos, ganan voces.
Vienen manolas comiendo
semillas de girasoles,
los culos grandes y ocultos
como planetas de cobre.
Vienen altos caballeros
y damas de triste porte,
morenas por la nostalgia
de un ayer de ruiseñores.
Y el obispo de Manila,
ciego de azafrán y pobre,
dice misa con dos filos
para mujeres y hombres.

*

  San Miguel se estaba quieto
en la alcoba de su torre,
con las enaguas cuajadas
de espejitos y entredoses.

mostra suas belas coxas
cingidas pelos faróis.

Arcanjo domesticado
no gesto das doze horas,
finge uma cólera doce
de plumas e rouxinóis.
São Miguel canta nos vidros;
efebo de três mil noites,
cheirando a água-de-colônia
e longe das flores.

*

O mar dança pela praia,
um poema de balcões.
As bordas da lua
perdem juncos, ganham vozes.
Vêm raparigas comendo
sementes de girassóis,
os ânus grandes e ocultos
como planetas de cobre.
Vêm altos cavalheiros
e damas de triste porte,
morenas pela nostalgia
de um ontem de rouxinóis.
E o bispo de Manila,
cego de açafrão e pobre,
diz a missa com dois fios
para mulheres e homens.

*

São Miguel estava quieto
na alcova de sua torre,
com as anáguas coalhadas
de espelhinhos e entremeios.

San Miguel, rey de los globos
y de los números nones,
en el primor berberisco
de gritos y miradores.

São Miguel, rei dos globos
e dos números novenos,
no primor berberesco
de gritos e miradouros.

9

SAN RAFAEL
(CORDOBA)

A Juan Izquierdo Croselles

I

Coches cerrados llegaban
a las orillas de juncos
donde las ondas alisan
romano torso desnudo.
Coches, que el Guadalquivir
tiende en su cristal maduro,
entre láminas de flores
y resonancia de nublos.
Los niños tejen y cantan
el desengaño del mundo,
cerca de los viejos coches
perdidos en el nocturno.
Pero Córdoba no tiembla
bajo el misterio confuso,
pues si la sombra levanta
la arquitectura del humo,
un pie de mármol afirma
su casto fulgor enjuto.

9

SÃO RAFAEL
(CÓRDOBA)

A JUAN IZQUIERDO CROSELLES

I

CARROS fechados chegavam
nas bordas de juncos
onde as ondas alisam
romano torso desnudo.
Carros, que o Guadalquivir
estende em seu cristal maduro,
entre lâminas de flores
e ressonância de nuvens.
Os meninos tecem e cantam
o desengano do mundo,
perto dos velhos carros
perdidos no noturno.
Mas Córdoba não treme
sob o mistério confuso,
pois se a sombra levanta
a arquitetura do fumo,
um pé de mármore afirma
seu casto fulgor enxuto.

Pétalos de lata débil
recaman los grises puros
de la brisa, desplegada
sobre los arcos de triunfo.
Y mientras el puente sopla
diez rumores de Neptuno,
vendedores de tabaco
huyen por el roto muro.

II

  Un solo pez en el agua
que a las dos Córdobas junta:
Blanca Córdoba de juncos.
Córdoba de arquitectura.
Niños de cara impasible
en la orilla se desnudan,
aprendices de Tobías
y Merlines de cintura,
para fastidiar al pez
en irónica pregunta
si quiere flores de vino
o saltos de media luna.
Pero el pez, que dora el agua
y los mármoles enluta,
les da lección y equilibrio
de solitaria columna.
El Arcángel aljamiado
de lentejuelas oscuras,
en el mitin de las ondas
buscaba rumor y cuna.

*

Pétalas de lata débil
recamam os grises puros
da brisa, estendida
sobre os arcos de triunfo.
E enquanto a ponte sopra
dez rumores de Netuno,
vendedores de tabaco
fogem pelo muro quebrado.

II

Um só peixe na água
que as duas Córdobas junta:
Branca Córdoba de juncos.
Córdoba de arquitetura.
Meninos de cara impassível
na margem se desnudam,
aprendizes de Tobias
e merlins de cintura,
para aborrecer o peixe
em irônica pergunta
se quer flores de vinho
ou saltos de meia-lua.
Mas o peixe, que doura a água
e os mármores enluta,
lhes dá lição e equilíbrio
de solitária coluna.
O Arcanjo aljemiado
de lantejoulas escuras
na assembléia das ondas
buscava rumor e berço.

*

Un solo pez en el agua.
Dos Córdobas de hermosura.
Córdoba quebrada en chorros.
Celeste Córdoba enjuta.

Um só peixe na água.
Duas Córdobas de formosura.
Córdoba quebrada em jorros.
Celeste Córdoba enxuta.

10

SAN GABRIEL
(SEVILLA)

A D. Agustín Viñuales

I

Un bello niño de junco,
anchos hombros, fino talle,
piel de nocturna manzana,
boca triste y ojos grandes,
nervio de plata caliente,
ronda la desierta calle.
Sus zapatos de charol
rompen las dalias del aire,
con los dos ritmos que cantam
breves lutos celestiales.
En la ribera del mar
no hay palma que se le iguale
ni emperador coronado
ni lucero caminante.
Cuando la cabeza inclina
sobre su pecho de jaspe,
la noche busca llanuras
porque quiere arrodillarse.

10

SÃO GABRIEL
(SEVILHA)

A D. Agustín Viñuales

I

Um belo menino de junco,
largos ombros, fino talhe,
pele de noturna maçã,
boca triste e olhos grandes,
nervo de prata quente,
ronda a rua deserta.
Seus sapatos de charão
rompem as dálias do ar,
com os dois ritmos que cantam
breves lutos celestiais.
Na beira do mar
não há palma que lhe iguale,
nem imperador coroado
nem luzeiro caminhante.
Quando a cabeça inclina
sobre seu peito de jaspe,
a noite busca planuras
porque quer ajoelhar-se.

Las guitarras suenan solas
para San Gabriel Arcángel,
domador de palomillas
y enemigo de los sauces.
San Gabriel: El niño llora
en el vientre de su madre.
No olvides que los gitanos
te regalaron el traje.

II

   Anunciación de los Reyes,
bien lunada y mal vestida,
abre la puerta al lucero
que por la calle venía.
El Arcángel San Gabriel,
entre azucena y sonrisa,
bisnieto de la Giralda,
se acercaba de visita.
En su chaleco bordado
grillos ocultos palpitan.
Las estrellas de la noche
se volvieron campanillas.
San Gabriel: Aquí me tienes
con tres clavos de alegría.
Tu fulgor abre jazmines
sobre mi cara encendida.
Dios te salve, Anunciación.
Morena de maravilla.
Tendrás un niño más bello
que los tallos de la brisa.
   ¡Ay San Gabriel de mis ojos!
   ¡Gabrielillo de mi vida!,

As guitarras cantam sozinhas
para São Gabriel Arcanjo,
domador de pombazinhas
e inimigo dos salgueiros.
São Gabriel: o menino chora
no ventre de sua mãe.
Não esqueças que os gitanos
te presentearam o traje.

II

Anunciação dos Reis,
bem lunada e mal vestida,
abre a porta ao luzeiro
que pela rua vinha.
O Arcanjo São Gabriel,
entre açucenas e sorriso,
o bisneto da Giralda,
chegava para visita.
Em seu jaleco bordado
grilos ocultos palpitam.
As estrelas da noite
transformaram-se em campainhas.
São Gabriel: eis-me aqui
com três cravos de alegria.
Teu fulgor abre jasmins
sobre meu rosto aceso.
Deus te salve, Anunciação.
Morena de maravilha.
Terás um menino mais belo
que os rebentos da brisa.
Ai, São Gabriel de meus olhos!
Gabrielzinho de minha vida!,

para sentarte yo sueño
un sillón de clavellinas.

Dios te salve, Anunciación,
bien lunada y mal vestida.
Tu niño tendrá en el pecho
un lunar y tres heridas.
¡Ay San Gabriel que reluces!
¡Gabrielillo de mi vida!
En el fondo de mis pechos
ya nace la leche tibia.
Dios te salve, Anunciación.
Madre de cien dinastías.
Aridos lucen tus ojos,
paisajes de caballista.

*

El niño canta en el seno
de Anunciación sorprendida.
Tres balas de almendra verde
tiemblan en su vocecita.

Ya San Gabriel en el aire
por una escala subía.
Las estrellas de la noche
se volvieron siemprevivas.

para sentar-te eu sonho
uma poltrona de cravinas.

  Deus te salve, Anunciação,
bem lunada e mal vestida.
Teu filho terá no peito
um lunar e três feridas.
Ai, São Gabriel que reluz!
Gabrielzinho da minha vida!
No fundo de meus peitos
nasce o leite tépido.
Deus te salve, Anunciação.
Mãe de cem dinastias.
Áridos luzem teus olhos,
paisagem de cavaleiros.

*

  O menino canta no seio
de Anunciação surpresa.
Três balas de amêndoa verde
tremem em sua vozinha.

  Já São Gabriel nos ares
por uma escada subia.
As estrelas da noite
transformaram-se em sempre-vivas.

11

PRENDIMIENTO DE ANTOÑITO EL CAMBORIO EN EL CAMINO DE SEVILLA

A Margarita Xirgu

Antonio Torres Heredia,
hijo y nieto de Camborios,
con una vara de mimbre
va a Sevilla a ver los toros.
Moreno de verde luna
anda despacio y garboso.
Sus empavonados bucles
le brillan entre los ojos.
A la mitad del camino
cortó limones redondos,
y los fue tirando al agua
hasta que la puso de oro.
Y a la mitad del camino,
bajo las ramas de un olmo,
guardia civil caminera
lo llevó codo con codo.

*

El día se va despacio,
la tarde colgada a un hombro,

11

PRISÃO DE
ANTONINHO, O CAMBÓRIO,
NO CAMINHO DE SEVILHA

A Margarita Xirgu

Antonio Torres Heredia,
filho e neto de Cambórios,
com uma vara de vime,
vai a Sevilha ver os touros.
Moreno de verde lua
anda devagar e garboso.
Seus empavonados bucles
brilham-se entre os olhos.
Na metade do caminho
cortou limões redondos,
e os foi atirando n'água
até que a tornou de ouro.
E na metade do caminho,
sob os ramos de um olmo,
guarda-civil caminheiro
levou-o grudado a si.

*

Vai-se o dia devagar,
a tarde pendurada a um ombro,

dando una larga torera
sobre el mar y los arroyos.
Las aceitunas aguardan
la noche de Capricornio,
y una corta brisa, ecuestre,
salta los montes de plomo.
Antonio Torres Heredia,
hijo y nieto de Camborios,
viene sin vara de mimbre
entre los cinco tricornios.

Antonio, ¿quién eres tú?
Si te llamaras Camborio,
hubieras hecho una fuente
de sangre con cinco chorros.
Ni tú eres hijo de nadie,
ni legítimo Camborio.
¡Se acabaron los gitanos
que iban por el monte solos!
Están los viejos cuchillos
tiritando bajo el polvo.

A las nueve de la noche
lo llevan al calabozo,
mientras los guardias civiles
beben limonada todos.
Y a las nueve de la noche
le cierran el calabozo,
mientras el cielo reluce
como la grupa de un potro.

caindo lentamente
sobre o mar e os arroios.
As azeitonas aguardam
a noite de Capricórnio,
e uma curta brisa, eqüestre,
salta os montes de chumbo.
Antonio Torres Heredia,
filho e neto de Cambórios,
vem sem vara de vime
entre os cinco tricórnios.

Antonio, quem és tu?
Se te chamasses Cambório,
terias feito uma fonte
de sangue com cinco jorros.
Tampouco és filho de alguém,
nem legítimo Cambório.
Acabaram-se os gitanos
que iam sós pelo monte!
Estão as velhas facas
tiritando sob o pó.

Às nove da noite
levam-no ao calabouço,
enquanto os guardas-civis
bebem limonada todos.
E às nove da noite
encerram-no no calabouço,
enquanto o céu reluz
como a garupa de um potro.

12

MUERTE DE ANTOÑITO EL CAMBORIO
A José Antonio Rubio Sacristán

Voces de muerte sonaron
cerca del Guadalquivir.
Voces antiguas que cercan
voz de clavel varonil.
Les clavó sobre las botas
mordiscos de jabalí.
En la lucha daba saltos
jabonados de delfín.
Bañó con sangre enemiga
su corbata carmesí,
pero eran cuatro puñales
y tuvo que sucumbir.
Cuando las estrellas clavan
rejones al agua gris,
cuando los erales sueñan
verónicas de alhelí,
voces de muerte sonaron
cerca del Guadalquivir.

*

Antonio Torres Heredia,
Camborio de dura crin,

MORTE DE ANTONINHO, O CAMBÓRIO

A José Antonio Rubio Sacristán

Vozes de morte soaram
perto do Guadalquivir.
Vozes antigas que procuram
voz de cravo varonil.
Cravou-lhes sobre as botas
mordidas de javali.
Na luta dava saltos
ensaboados de delfim.
Banhou com sangue inimigo
sua gravata carmesim,
mas eram quatro punhais
e teve que sucumbir.
Quando as estrelas cravam
rojões na água gris,
quando os novilhos sonham
verônicas de aleli,
vozes de morte soaram
perto do Guadalquivir.

*

Antonio Torres Heredia,
Cambório de dura crina,

moreno de verde luna,
voz de clavel varonil:
¡Quién te ha quitado la vida
cerca del Guadalquivir?
Mis cuatro primos Heredias
hijos de Benamejí.
Lo que en otros no envidiaban,
ya lo envidiaban en mí.
Zapatos color corinto,
medallones de marfil,
y este cutis amasado
con aceituna y jazmín.
¡Ay Antoñito el Camborio,
digno de una Emperatriz!
Acuérdate de la Virgen
porque te vas a morir.
¡Ay Federico García,
llama a la Guardia Civil!
Ya mi talle se ha quebrado
como caña de maíz.

   Tres golpes de sangre tuvo
y se murió de perfil.
Viva moneda que nunca
se volverá a repetir.
Un ángel marchoso pone
su cabeza en un cojín.
Otros de rubor cansado,
encendieron un candil.
Y cuando los cuatro primos
llegan a Benamejí,
voces de muerte cesaron
cerca del Guadalquivir.

moreno de verde lua,
voz de cravo varonil:
Quem te tirou a vida
perto do Guadalquivir?
Meus quatro primos Herédias
filhos de Benameji.
O que em outros não invejavam,
era invejado em mim.
Sapatos cor de passa,
medalhões de marfim,
e esta cútis mesclada
com aceitona e jasmin.
Ai, Antoninho, o Cambório,
digno de uma Imperatriz!
Lembra-te da Virgem
porque vais morrer.
Ai, Federico García,
chama a Guarda Civil!
Já meu talhe se quebrou
como haste de milho.

Três golpes sangrentos teve
e morreu de perfil.
Viva moeda que nunca
tornará a repetir-se.
Um anjo garboso põe-lhe
a cabeça num coxim.
Outros de rubor cansado
acenderam um candil.
E quando os quatro primos
chegam a Benameji,
vozes de morte cessaram
perto do Guadalquivir.

MUERTO DE AMOR
A Margarita Manso

¿Qué es aquello que reluce
por los altos corredores?
Cierra la puerta, hijo mío,
acaban de dar las once.
En mis ojos, sin querer,
relumbran cuatro faroles.
Será que la gente aquella
estará fregando el cobre.

*

Ajo de agónica plata
la luna menguante, pone
cabelleras amarillas
a las amarillas torres.
La noche llama temblando
al cristal de los balcones,
perseguidas por los mil
perros que no la conocen,
y un olor de vino y ámbar
viene de los corredores.

*

Brisas de caña mojada
y rumor de viejas voces,

MORTO DE AMOR
A MARGARITA MANSO

QUE é aquilo que reluz
pelos altos corredores?
Fecha a porta, meu filho,
acaba de dar as onze.
Em seus olhos, sem querer,
relumbram quatro faróis.
Será que aquela gente
está esfregando o cobre?

*

Alho de agônica prata
a lua minguante põe
cabeleiras amarelas
nas amarelas torres.
A noite chama tremendo
a vidraça das varandas,
perseguidas pelos mil
cães que não a conhecem,
e um cheiro de vinho e âmbar
vem dos corredores.

*

Brisas de cana molhada
e rumor de velhas vozes

resonaban por el arco
roto de la media noche.
Bueyes y rosas dormían.
Solo por los corredores
las cuatro luces clamaban
con el furor de San Jorge.
Tristes mujeres del valle
bajaban su sangre de hombre,
tranquila de flor cortada
y amarga de muslo joven.
Viejas mujeres del río
lloraban al pie del monte,
un minuto intransitable
de cabelleras y nombres.
Fachadas de cal, ponían
cuadrada y blanca la noche.
Serafines y gitanos
tocaban acordeones.
Madre, cuando yo me muera,
que se enteren los señores.
Pon telegramas azules
que vayan del Sur al Norte.
Siete gritos, siete sangres,
siete adormideras dobles
quebraron opacas lunas
en los oscuros salones.
Lleno de manos cortadas
y coronitas de flores,
el mar de los juramentos
resonaba, no sé dónde.
Y el cielo daba portazos
al brusco rumor del bosque,
mientras clamaban las luces
en los altos corredores.

ressoavam pelo arco
partido da meia-noite.
Bois e rosas dormiam.
Pelos corredores só
as quatro luzes clamavam
com o furor de São Jorge.
Tristes mulheres do vale
baixavam seu sangue de homem,
tranqüilo de flor cortada
e amargo de coxa jovem.
Velhas mulheres do rio
choravam ao pé do monte,
um minuto intransitável
de cabeleiras e nomes.
Fachadas caiadas punham
quadrada e branca a noite.
Serafins e gitanos
tocavam acordeões.
Mãe, quando eu morrer,
que saibam os senhores.
Passa telegramas azuis
que vão do Sul ao Norte.
Sete gritos, sete sangues,
sete dormideiras duplas,
quebraram opacas luas
nos escuros salões.
Cheio de mãos cortadas
e coroinhas de flores,
o mar dos juramentos
ressoava, não sei onde.
E o céu batia portas
ao brusco rumor do bosque,
enquanto clamavam as luzes
nos altos corredores.

14

ROMANCE DEL EMPLAZADO
Para Emilio Aladrén

¡Mi soledad sin descanso!
Ojos chicos de mi cuerpo
y grandes de mi caballo,
no se cierran por la noche
ni miran al otro lado
donde se aleja tranquilo
un sueño de trece barcos.
Sino que limpios y duros
escuderos desvelados,
mis ojos miran un norte
de metales y peñascos
donde mi cuerpo sin venas
consulta naipes helados.

*

Los densos bueyes del agua
embisten a los muchachos
que se bañan en las lunas
de sus cuernos ondulados.
Y los martillos cantaban
sobre los yunques sonámbulos,
el insomnio del jinete
y el insomnio del caballo.

14

ROMANCE DO EMPRAZADO

Para EMILIO ALADRÉN

MINHA solidão sem descanso!
Olhos pequenos de meu corpo
e grandes de meu cavalo
não se fecham à noite
nem olham ao outro lado
onde se afasta tranqüilo
um sonho de treze barcos.
Senão que limpos e duros
escudeiros desvelados,
meus olhos fitam um norte
de metais e de penhascos
onde meu corpo sem veias
consulta naipes gelados.

*

Os densos bois da água
investem contra os meninos
que se banham nas luas
de seus cornos ondulados.
E os martelos cantavam
sobre as bigornas sonâmbulas,
a insônia do ginete
e a insônia do cavalo.

*

  El veinticinco de junio
le dijeron a el Amargo:
Ya puedes cortar si gustas
las adelfas de tu patio.
Pinta una cruz en la puerta
y pon tu nombre debajo,
porque cicutas y ortigas
nacerán en tu costado,
y agujas de cal mojada
te morderán los zapatos.
Será de noche, en lo oscuro,
por los montes imantados,
donde los bueyes del agua
beben los juncos soñando.
Pide luces y campanas.
Aprende a cruzar las manos,
y gusta los aires fríos
de metales e peñascos.
Porque dentro de dos meses
yacerás amortajado.

*

  Espadón de nebulosa
mueve en el aire Santiago.
Grave silencio, de espalda,
manaba el cielo combado.

*

  El veinticinco de junio
abrió sus ojos Amargo,
y el veinticinco de agosto
se tendió para cerrarlos.
Hombres bajaban la calle

*

　　Em vinte e cinco de junho
disseram ao Amargo:
Já podes cortar se queres
as adelfas de teu pátio.
Pinta uma cruz na porta
e põe teu nome embaixo,
porque cicutas e urtigas
nascerão em teu costado,
e agulhas de cal molhada
te morderão os sapatos.
Será de noite, no escuro,
pelos montes imantados,
onde os bois da água
bebem os juncos sonhando.
Pede luzes e sinos.
Aprende a cruzar as mãos,
e sabedoria os ares frios
de metais e penhascos.
Porque dentro de dois meses
jazerás amortalhado.

*

　Espadão de nebulosa
move no ar Santiago.
Grave silêncio, de espalda,
manava o céu encurvado.

*

　　Em vinte e cinco de junho
abriu seus olhos Amargo,
e em vinte e cinco de agosto
se estendeu para fechá-los.
Homens desciam a rua

para ver al emplazado,
que fijaba sobre el muro
su soledad con descanso,
Y la sábana impecable,
de duro acento romano,
daba equilibrio a la muerte
con las rectas de sus paños.

para ver o emprazado,
que fixava sobre o muro
sua solidão com descanso.
E o lençol impecável,
de duro acento romano,
dava equilíbrio à morte
com as retas de seus panos.

15

ROMANCE DE LA
GUARDIA CIVIL ESPAÑOLA

A Juan Guerrero,
Cónsul general de la Poesía

Los caballos negros son.
Las herraduras son negras.
Sobre las capas relucen
manchas de tinta y de cera.
Tienen, por eso no lloran,
de plomo las calaveras.
Con el alma de charol
vienen por la carretera.
Jorobados y nocturnos,
por donde animan ordenan
silencios de goma oscura
y miedos de fina arena.
Pasan, si quieren pasar,
y ocultan en la cabeza
una vaga astronomía
de pistolas inconcretas.

*

¡Oh ciudad de los gitanos!
En las esquinas banderas.

15

ROMANCE DA
GUARDA CIVIL ESPANHOLA

A JUAN GUERRERO,
Cônsul-geral da Poesia

Os cavalos negros são.
As ferraduras são negras.
Nas capas reluzem
manchas de tinta e de cera.
Têm, por isso não choram,
de chumbo as caveiras.
Com a alma de charão
vêm pela estrada.
Corcovados e noturnos,
por onde animam, ordenam
silêncios de goma escura
e medos de fina areia.
Passam, se querem passar,
e ocultam na cabeça
uma vaga astronomia
de pistolas inconcretas.

*

Oh! cidade dos gitanos!
Nas esquinas bandeiras.

La luna y la calabaza
con las guindas en conserva.
¡Oh ciudad de los gitanos!
¿Quién te vio y no te recuerda?
Ciudad de dolor y almizcle,
con las torres de canela.

*

Cuando llegaba la noche,
noche que noche nochera,
los gitanos en sus fraguas
forjaban soles y flechas.
Un caballo malherido,
llamaba a todas las puertas.
Gallos de vidrio cantaban
por Jerez de la Frontera.
El viento, vuelve desnudo
la esquina de la sorpresa,
en la noche platinoche
noche, que noche nochera.

*

La Virgen y San José,
perdieron sus castañuelas,
y buscan a los gitanos
para ver si encuentran.
La Virgen viene vestida
con un traje de alcaldesa
de papel de chocolate
con los collares de almendras.
San José mueve los brazos
bajo uma capa de seda.
Detrás va Pedro Domecq
con tres sultanes de Persia.

A lua e a calabaça
com as ginjas em conserva.
Oh! cidade dos gitanos!
Quem te viu e não se recorda de ti?
Cidade de dor e almíscar,
com as torres de canela.

*

Quando caía a noite,
noite que noite noiteira,
os gitanos com suas fráguas
forjavam sóis e flechas.
Um cavalo malferido
chamava a todas as portas.
Galos de vidro cantavam
por Jerez de la Frontera.
O vento dobra desnudo
a esquina da surpresa,
na noite prata-noite,
noite, que noite noiteira.

*

A Virgem e São José
perderam suas castanholas,
e procuram os gitanos
para ver se as encontram.
A Virgem vem vestida
com um traje de alcaidessa
de papel de chocolate
com colares de amêndoas.
São José move os braços
sob uma capa de seda.
Atrás vai Pedro Domecq
com três sultões da Pérsia.

La media luna, soñaba
un éxtasis de cigüeña.
Estandartes y faroles
invaden las azoteas.
Por los espejos sollozan
bailarinas sin caderas.
Agua y sombra, sombra y agua
por Jerez de la Frontera.

*

¡Oh ciudad de los gitanos!
En las esquinas banderas.
Apaga tus verdes luces
que viene la benemérita.
¡Oh ciudad de los gitanos!
¿Quién te vio y no te recuerda?
Dejadla lejos del mar,
sin peines para sus crenchas.

*

Avanzan de dos en fondo
a la ciudad de la fiesta
Un rumor de siemprevivas
invade las cartucheras.
Avanzan de dos en fondo.
Doble nocturno de tela.
El cielo, se les antoja,
una vitrina de espuelas.

*

La ciudad libre de miedo,
multiplicaba sus puertas.
Cuarenta guardias civiles
entran a saco por ellas.

A meia-lua sonhava
um êxtase de cegonha.
Estandartes e faróis
invadem as açotéias.
Pelos espelhos soluçam
bailarinas sem quadris.
Água e sombra, sombra e água
por Jerez de la Frontera.

*

Oh! cidade dos gitanos!
Nas esquinas bandeiras.
Apaga as tuas verdes luzes
porque vem a benemérita.
Oh! cidade dos gitanos!
Quem te viu e não se recorda de ti?
Deixai-a longe do mar.
sem pente para suas riscas.

*

Avançam de dois no fundo
para a cidade da festa.
Um rumor de sempre-vivas
invade as cartucheiras.
Avançam de dois no fundo.
Duplo noturno de tela.
O céu parece a eles
uma vitrina de esporas.

*

A cidade livre do medo,
multiplicava as suas portas.
Quarenta guardas-civis
entram nelas para o saque.

Los relojes se pararon,
y el coñac de las botellas
se disfrazó de noviembre
para no infundir sospechas.
Un vuelo de gritos largos
se levantó en las veletas.
Los sables cortan las brisas
que los cascos atropellan.
Por las calles de penumbra
huyen las gitanas viejas
con los caballos dormidos
y las orzas de monedas.
Por las calles empinadas
suben las capas siniestras,
dejando atrás fugaces
remolinos de tijeras.

  En el portal de Belén
los gitanos se congregan.
San José, lleno de heridas,
amortaja a una doncella.
Tercos fusiles agudos
por toda la noche suenan.
La Virgen cura a los niños
con salivilla de estrella
Pero la Guardia Civil
avanza sembrando hogueras,
donde joven y desnuda
la imaginación se quema.
Rosa la de los Camborios,
gime sentada en su puerta
con sus dos pechos cortados
puestos en una bandeja.
Y otras muchachas corrían

Os relógios pararam,
e o conhaque das garrafas
se disfarçou de novembro
para não infundir suspeitas.
Um vôo de gritos longos.
se levantou nos cata-ventos.
Os sabres cortam as brisas
que os cascos atropelam.
Pelas ruas de penumbra
fogem as gitanas velhas
com os cavalos dormidos
e os vasos de moedas.
Pelas ruas empinadas
sobem as capas sinistras,
deixando para trás fugazes
remoinhos de tesoura.

  No portal de Belém
os gitanos se congregam.
São José, cheio de feridas,
amortalha uma donzela.
Teimosos fuzis agudos
a noite toda soam
A Virgem cura os meninos
com salivinha de estrela.
Mas a Guarda Civil
avança semeando fogueiras,
onde jovem e desnuda
a imaginação se queima.
Rosa, a dos Cambórios,
geme sentada à sua porta
com seus dois peitos cortados
postos numa bandeja.
E outras moças corriam

perseguidas por sus trenzas,
en un aire donde estallan
rosas de pólvora negra.
Cuando todos los tejados
eran surcos en la tierra,
el alba meció sus hombros
en largo perfil de piedra.

*

¡Oh ciudad de los gitanos!
La Guardia Civil se aleja
por un túnel de silencio
mientras las llamas te cercan.

¡Oh ciudad de los gitanos!
¿Quién te vio y no te recuerda?
Que te busquen en mi frente.
Juego de luna y arena.

perseguidas por suas tranças,
num ar onde estalam
rosas de pólvora negra.
Quando todos os telhados
eram sulcos na terra,
a aurora mexeu seus ombros
em longo perfil de pedra.

*

Oh! cidade dos gitanos!
A Guarda Civil se afasta
por um túnel de silêncio
enquanto as chamas te cercam.

Oh! cidade dos gitanos!
Quem te viu e não se recorda de ti?
Que te busquem em minha frente.
Jogo de lua e de areia.

TRES ROMANCES HISTORICOS

16

MARTIRIO DE SANTA OLALLA
A Rafael Martínez Nadal

I
PANORAMA DE MERIDA

Por la calle brinca y corre
caballo de larga cola,
mientras juegan o dormitan
viejos soldados de Roma.
Medio monte de Minervas
abre sus brazos sin hojas.
Agua en vilo redoraba
las aristas de las rocas.
Noche de torsos yacentes
y estrellas de nariz rota,
aguarda grietas del alba
para derrumbarse toda.
De cuando en cuando sonaban
blasfemias de cresta roja.
Al gemir, la santa niña
quiebra el cristal de las copas.
La rueda afila cuchillos

TRÊS ROMANCES HISTÓRICOS

16

MARTÍRIO DE SANTA EULÁLIA
A Rafael Martínez Nadal

I

PANORAMA DE MÉRIDA

Pela rua brinca e corre
cavalo de longa cauda,
enquanto jogam ou dormitam
velhos soldados de Roma.
Meio monte de Minervas
abre seus braços sem folhas.
Água no ar redourava
as arestas das rochas.
Noite de torsos jacentes
e estrelas de nariz roto,
aguarda gretas da amora
para derrubar-se toda.
De quando em quando soavam
blasfêmias de crista rubra.
Ao gemer, a santa menina
quebra o cristal dos copos.
A roda afia facas

y garfios de aguda comba:
Brama el toro de los yunques,
y Mérida se corona
de nardos casi despiertos
y tallos de zarzamora.

II

EL MARTIRIO

Flora desnuda se sube
por escalerillas de agua.
El Cónsul pide bandeja
para los senos de Olalla.
Un chorro de venas verdes
le brota de la garganta.
Su sexo tiembla enredado
como un pájaro en las zarzas.
Por el suelo, ya sin norma,
brincan sus manos cortadas
que aun pueden cruzarse en tenue
oración decapitada.
Por los rojos agujeros
donde sus pechos estaban
se ven cielos diminutos
y arroyos de leche blanca.
Mil arbolillos de sangre
le cubren toda la espalda
y oponen húmedos troncos
al bisturí de las llamas.
Centuriones amarillos
de carne gris, desvelada,
llegan al cielo sonando

e garfos de aguda curva:
Brama o touro das bigornas,
e Mérida se coroa
de nardos quase despertos
e talos de amora.

II
O MARTÍRIO

Flora desnuda sobe
por escadinha de água.
O Cônsul pede bandeja
para os seios de Eulália.
Um jorro de veias verdes
lhe brota da garganta.
Seu sexo treme enredado
como um pássaro nas sarças.
Pelo solo, já sem norma,
brincam suas mãos cortadas
que ainda podem cruzar-se em tênue
oração decapitada.
Pelos vermelhos buracos
onde seus peitos estavam
vêem-se céus diminutos
e arroios de leite branco.
Mil arvorezinhas de sangue
cobrem-lhe toda a espalda
e opõem úmidos troncos
ao bisturi das chamas.
Centuriões amarelos
de carne gris, desvelada,
chegam ao céu soando

sus armaduras de plata.
Y mientras vibra confusa
pasión de crines y espadas,
el Cónsul porta en bandeja
senos ahumados de Olalla.

III

INFIERNO Y GLORIA

Nieve ondulada reposa.
Olalla pende del árbol.
Su desnudo de carbón
tizna los aires helados.
Noche tirante reluce.
Olalla muerta en el árbol.
Tinteros de las ciudades
vuelcan la tinta despacio.
Negros maniquíes de sastre
cubren la nieve del campo,
en largas filas que gimen
su silencio mutilado.
Nieve partida comienza.
Olalla blanca en el árbol.
Escuadras de níquel juntan
los picos en su costado.

*

Una Custodia reluce
sobre los cielos quemados,
entre gargantas de arroyo
y ruiseñores en ramos.
¡Saltan vidrios de colores!

suas armaduras de prata.
E enquanto vibra confusa
paixão de crinas e espadas,
o Cônsul traz em bandeja
seios enfumados de Eulália.

III
INFERNO E GLÓRIA

Neve ondulada repousa.
Eulália pende de árvore.
Sua nudez de carvão
tisna os ares gelados.
Noite tesa reluz.
Eulália morta na árvore.
Tinteiros das cidades
vertem a tinta devagar.
Negros manequins de alfaiates
cobrem a neve do campo,
em longas filas que gemem
seu silêncio mutilado.
Neve partida começa.
Eulália branca na árvore.
Esquadrias de níquel juntam
os bicos em suas costas.

*

Uma custódia reluz
sobre os céus queimados,
entre gargantas de arroio
e rouxinóis nos galhos.
Saltam vidros coloridos!

Olalla blanca en lo blanco.
Ángeles y serafines
dicen: Santo, Santo, Santo.

Eulália branca no branco.
Anjos e serafins
dizem: Santo, Santo, Santo.

17

BURLA DE DON PEDRO A CABALLO

ROMANCE CON LAGUNAS
A Jean Cassou

ROMANCE DE DON PEDRO A CABALLO

Por una vereda
venía Don Pedro.
¡Ay cómo lloraba
el caballero!
Montado en un ágil
caballo sin freno,
venía en la busca
del pan y del beso.
Todas las ventanas
preguntan al viento,
por el llanto oscuro
del caballero.

PRIMERA LAGUNA

Bajo el agua
siguen las palabras.

17

BURLA DE DOM PEDRO A CAVALO

ROMANCE COM LAGUNAS
                  A Jean Cassou

ROMANCE DE DOM PEDRO A CAVALO

> Por uma vereda
> vinha Dom Pedro.
> Ai! como chorava
> o cavaleiro!
> Montado em um ágil
> cavalo sem freio,
> vinha na busca
> do pão e do beijo.
> Todas as janelas
> perguntam ao vento
> pelo pranto escuro
> do cavaleiro.

PRIMEIRA LAGUNA

> Por baixo d'água
> seguem as palavras.

Sobre el agua
una luna redonda
se baña,
dando envidia a la otra
¡tan alta!
En la orilla,
un niño,
ve las lunas y dice:
— ¡Noche; toca los platillos!

SIGUE

A una ciudad lejana
ha llegado Don Pedro.
Una ciudad de oro
entre un bosque de cedros.
¿Es Belén? Por el aire
yerbaluisa y romero.
Brillan las azoteas
y las nubes. Don Pedro
pasa por arcos rotos.
Dos mujeres y un viejo
con velones de plata
le salen al encuentro.
Los chopos dicen: No.
Y el ruiseñor: Veremos.

SEGUNDA LAGUNA

Bajo el agua
siguen las palabras.
Sobre el peinado del agua

Sobre a água
uma lua redonda
se banha,
dando inveja à outra
tão alta!
Na margem,
um menino
vê as luas e diz:
— Noite, toca os pratos!

SEGUE

A uma cidade distante
chegou Dom Pedro.
Uma cidade de ouro
entre um bosque de cedros.
É Belém? Pelo ar
erva-luísa e alecrim.
Brilham as açotéias
e as nuvens. Dom Pedro
passa por arcos partidos.
Duas mulheres e um velho
com candeeiros de prata
lhe saem ao encontro.
Os choupos dizem: Não.
E o rouxinol: Veremos.

SEGUNDA LAGUNA

Por baixo d'água
seguem as palavras.
Sobre o penteado d'água

un círculo de pájaros y llamas.
Y por los cañaverales,
testigos que conocen lo que falta
Sueño concreto y sin norte
de madera de guitarra.

SIGUE

  Por el camino llano
dos mujeres y un viejo
con velones de plata
van al cementerio.
Entre los azafranes
han encontrado muerto
el sombrío caballo
de Don Pedro.
Voz secreta de tarde
balaba por el cielo.
Unicornio de ausencia
rompe en cristal su cuerno.
La gran ciudad lejana
está ardiendo
y un hombre va llorando
tierras adentro.
Al Norte hay una estrella.
Al Sur un marinero.

ULTIMA LAGUNA

  Bajo el agua
están las palabras.
Limo de voces perdidas.

um círculo de pássaros e chamas.
E pelos canaviais
testemunhas que conhecem o que falta.
Sonho concreto e sem norte
de madeira de guitarra.

SEGUE

Pelo caminho plano
duas mulheres e um velho
com candeeiros de prata
vão ao cemitério.
Entre os açafrões
encontraram morto
o sombrio cavalo
de Dom Pedro.
Voz secreta de tarde
balia pelo céu.
Unicórnio de ausência
parte em cristal seu chifre.
A grande cidade distante
está ardendo
e um homem vai chorando
terras adentro.
Ao Norte há uma estrela.
Ao Sul, um marinheiro.

ÚLTIMA LAGUNA

Por baixo d'água
estão as palavras.
Limo de vozes perdidas.

Sobre la flor enfriada,
está Don Pedro olvidado,
¡ay!, jugando con las ranas.

Sobre a flor resfriada
está Dom Pedro olvidado,
ai! brincando com as rãs.

18

THAMAR Y AMNON
Para Alfonso García-Valdecasas

La luna gira en el cielo
sobre las tierras sin agua
mientras el verano siembra
rumores de tigre y llama.
Por encima de los techos
nervios de metal sonaban.
Aire rizado venía
con los balidos de lana.
La tierra se ofrece llena
de heridas cicatrizadas,
o estremecida de agudos
cauterios de luces blancas.

*

Thamar estaba soñando
pájaros en su garganta,
al son de panderos fríos
y cítaras enlunadas.
Su desnudo en el alero,
agudo norte de palma,
pide copos a su vientre
y granizo a sus espaldas.

18

THAMAR E AMNÓN
Para Alfonso García-Valdecasas

A lua gira no céu
por sobre as terras sem água
enquanto o verão semeia
rumores de tigre e chama.
Por cima das tetas
nervos de metal soavam.
Ar riçado vinha
com os balidos de lã.
A terra se oferece cheia
de feridas cicatrizadas,
ou estremecida de agudos
cautérios de luzes brancas.

*

Thamar estava sonhando
pássaros em sua garganta,
ao som de pandeiros frios
e cítaras enluaradas.
Sua nudez no beiral,
agudo norte de palma,
pede estrigas a seu ventre
e granizo a suas costas.

Thamar estaba cantando
desnuda por la terraza.

Alrededor de sus pies,
cinco palomas heladas.
Amnón, delgado y concreto,
en la torre la miraba,
llenas las ingles de espuma
y oscilaciones la barba.
Su desnudo iluminado
se tendía en la terraza,
con un rumor entre dientes
de flecha recién clavada.
Amnón estaba mirando
la luna redonda y baja,
y vio en la luna los pechos
durísimos de su hermana.

*

Amnón a las tres y media
se tendió sobre la cama.
Toda la alcoba sufría
con sus ojos llenos de alas.
La luz, maciza, sepulta
pueblos en la arena parda,
o descubre transitorio
coral de rosas y dalias.
Linfa de pozo oprimida
brota silencio en las jarras.
En el musgo de los troncos
la cobra tendida canta.
Amnón gime por la tela
fresquísima de la cama.
Yedra del escalofrío

Thamar estava cantando
desnuda no terraço.

Ao redor de seus pés
cinco pombas geladas.
Amnón, delgado e concreto,
da torre a olhava,
cheias as virilhas de espuma
e de oscilações a barba.
Sua nudez iluminada
se estendia no terraço,
com um rumor entre dentes
de flecha recém-cravada.
Amnón estava olhando
a lua redonda e baixa,
e viu na lua os peitos
duríssimos de sua irmã.

*

Amnón às três e meia
se estendeu sobre a cama.
Toda a alcova sofria
com seus olhos cheios de asas.
A luz, maciça, sepulta
povos na areia parda,
ou descobre transitório
coral de rosas e dálias.
Linfa de poço oprimida
brota silêncio nas jarras.
Nos musgos dos troncos
a cobra estendida canta.
Amnón geme pelo pano
fresquíssimo da cama.
Hera do calafrio

cubre su carne quemada.
Thamar entró silenciosa
en la alcoba silenciada,
color de vena y Danubio,
turbia de huellas lejanas.
Thamar, bórrame los ojos
con tu fija madrugada.
Mis hilos de sangre tejen
volantes sobre tu falda.
Déjame tranquila, hermano.
Son tus besos en mi espalda
avispas y vientecillos
en doble enjambre de flautas.
Thamar, en tus pechos altos
hay dos peces que me llaman,
y en las yemas de tus dedos
rumor de rosa encerrada.

*

Los cien caballos del rey
en el patio relinchaban.
Sol en cubos resistía
la delgadez de la parra.
Ya la coge del cabello,
ya la camisa le rasga.
Corales tibios dibujan
arroyos en rubio mapa.

¡Oh, qué gritos se sentían
por encima de las casas!
Qué espesura de puñales
y túnicas desgarradas.
Por las escaleras tristes
esclavos suben y bajan.

cobre sua carne queimada.
Thamar entrou silenciosa
na alcova silenciada,
cor de veia e Danúbio,
turvas de pegadas distantes.
Thamar, apaga-me os olhos
com tua fixa madrugada.
Meus fios de sangue tecem
babados em tua saia.
Deixa-me tranqüila, irmão.
São teus beijos em minhas costas
abelhas e ventozinhos
em duplo enxame de flautas.
Thamar, em teus peitos altos
há dois peixes que me chamam,
e nas gemas de teus dedos
rumor de rosa fechada.

*

Os cem cavalos do rei
no pátio relinchavam.
Sol em cubos resistia
a delgadeza da videira.
Já a pega pelo cabelo,
já a camisa lhe rasga.
Corais tépidos desenham
arroios em louro mapa.

Oh! que gritos se escutavam
por cima das casas!
Que espessura de punhais
e túnicas rasgadas.
Pelas escadas tristes
escravos sobem e descem.

Embolos y muslos juegan
bajo las nubes paradas.
Alrededor de Thamar
gritan vírgenes gitanas
y otras recogen las gotas
de su flor martirizada.
Paños blancos enrojecen
en las alcobas cerradas.
Rumores de tibia aurora
pámpanos y peces cambian.

*

Violador enfurecido,
Amnón huye con su jaca.
Negros le dirigen flechas
en los muros y atalayas.
Y cuando los cuatro cascos
eran cuatro resonancias,
David con unas tijeras
cortó las cuerdas del arpa.

Êmbolos e coxas jogam
sob as nuvens paradas.
Ao redor de Thamar
gritam virgens gitanas
e outras recolhem as gotas
de sua flor martirizada.
Panos brancos envermelhecem
nas alcovas fechadas.
Rumores de tépida aurora
pâmpanos e peixes trocam.

*

Violador enfurecido,
Amnón foge com sua égua.
Negros lhe dirigem flechas
nos muros e atalaias.
E quando os quatro cascos
eram quatro ressonâncias,
David com umas tesouras
cortou as cordas da harpa.

POETA EN NUEVA YORK
(1929-1930)

A BEBE Y CARLOS MORLA

Bandolero / Bandoleiro

POETA EM NOVA YORK
(1929-1930)

A BEBE E CARLOS MORLA

Manos cortadas / Mãos cortadas

Los poemas de este libro están escritos en la ciudad de Nueva York el año 1929-1930, en que el poeta vivió como estudiante en Columbia University.

F.G.L.

Os poemas deste livro foram escritos na cidade de Nova York, nos anos 1929-1930, onde o poeta viveu como estudante na Columbia University.

F.G.L.

I

POEMAS DE LA SOLEDAD
EN COLUMBIA UNIVERSITY

Furia color de amor,
amor color de olvido.
Luis Cernuda

I

POEMAS DA SOLIDÃO
NA COLUMBIA UNIVERSITY

*Furia color de amor,
amor color de olvido.*
Luis Cernuda

VUELTA DE PASEO

Asesinado por el cielo,
entre las formas que van hacia la sierpe
y las formas que buscan el cristal,
dejaré crecer mis cabellos.

Con el árbol de muñones que no canta
y el niño con el blanco rostro de huevo.

Con los animalitos de cabeza rota
y el agua harapienta de los pies secos.

Con todo lo que tiene cansancio sordomudo
y mariposa ahogada en el tintero.

Tropezando con mi rostro distinto de cada día.
¡Asesinado por el cielo!

VOLTA DE PASSEIO

Assassinado pelo céu,
entre as formas que vão para a serpente
e as formas que buscam o cristal,
deixarei crescer meus cabelos.

Com a árvore de tocos que não canta
e o menino com o branco rosto de ovo.

Com os animaizinhos de cabeça rota
e a água esfarrapada dos pés secos.

Com tudo o que tem cansaço surdo-mudo
e mariposa afogada no tinteiro.

Tropeçando com meu rosto diferente de cada dia.
Assassinado pelo céu!

1910

(INTERMEDIO)

AQUELLOS ojos míos de mil novecientos diez
no vieron enterrar a los muertos,
ni la feria de ceniza del que llora por la madrugada,
ni el corazón que tiembla arrinconado como un
                                    [caballito de mar.

Aquellos ojos míos de mil novecientos diez
vieron la blanca pared donde orinaban las niñas,
el hocico del toro, la seta venenosa
y una luna incomprensible que iluminaba por los
                                            [rincones
los pedazos de limón seco bajo el negro duro de las
                                            [botellas.

Aquellos ojos míos en el cuello de la jaca,
en el seno traspasado de Santa Rosa dormida,
en los tejados del amor, con gemidos y frescas manos,
en un jardín donde los gatos se comían a las ranas.

Desván donde el polvo viejo congrega estatuas y
                                            [musgos,
cajas que guardan silencio de cangrejos devorados

1910

(INTERMÉDIO)

Aqueles olhos meus de mil novecentos e dez
não viram enterrar os mortos,
nem a feira de cinza de quem chora pela madrugada,
nem o coração que treme arrincoado como um
[cavalinho de mar.

Aqueles olhos meus de mil novecentos e dez
viram a branca parede onde urinavam as meninas,
o focinho do touro, a seta venenosa
e uma lua incompreensível que iluminava pelos
[cantos
os pedaços de limão seco sob o negro duro das
[garrafas.

Aqueles olhos meus no pescoço da égua,
no seio traspassado de Santa Rosa adormecida,
nos telhados do amor, com gemidos e frescas mãos,
em um jardim onde os gatos comiam as rãs.

Desvão onde o pó velho congrega estátuas e
[musgos,
caixas que guardam silêncio de caranguejos devorados

en el sitio donde el sueño tropezada con su realidad.
Allí mis pequeños ojos.

No preguntarme nada. He visto que las cosas
cuando buscan su curso encuentran su vacío.
Hay un dolor de huecos por el aire sin gente
y en mis ojos criaturas vestidas ¡sin desnudo!

New York, agosto 1929

no lugar onde o sonho tropeçava com sua realidade.
Ali meus pequenos olhos.

Não me perguntai nada. Vi que as coisas
quando buscam seu curso encontram seu vazio.
Há uma dor de ocos pelo ar sem gente
e em meus olhos criaturas vestidas, sem nudez!

Nova York, agosto de 1929

FABULA Y RUEDA DE LOS TRES AMIGOS

Enrique,
Emilio,
Lorenzo.

Estaban los tres helados:
Enrique por el mundo de las camas;
Emilio por el mundo de los ojos y las heridas de
[las manos;
Lorenzo por el mundo de las universidades sin
[tejados.

Lorenzo,
Emilio,
Enrique.

Estaban los tres quemados:
Lorenzo por el mundo de las hojas y las bolas de
[billar;
Emilio por el mundo de la sangre y los alfileres
[blancos;
Enrique por el mundo de los muertos y los
[periódicos abandonados.

FÁBULA E RODA DOS TRÊS AMIGOS

HENRIQUE,
Emílio,
Lourenço.

Estavam os três gelados:
Henrique pelo mundo das camas;
Emílio pelo mundo dos olhos e feridas das
[mãos;
Lourenço pelo mundo das universidades sem
[telhados.

Lourenço,
Emílio,
Henrique.

Estavam os três queimados:
Lourenço pelo mundo das folhas e bolas de
[bilhar;
Emílio pelo mundo do sangue e alfinetes
[brancos;
Henrique pelo mundo dos mortos e periódicos
[abandonados.

Lorenzo,

Emilio,
Enrique.
Estaban los tres enterrados:
Lorenzo en un seno de Flora;
Emilio en la yerta ginebra que se olvida en el vaso;
Enrique en la hormiga, en el mar y en los ojos
                          [vacíos de los pájaros.

Lorenzo,

Emilio,
Enrique.

Fueron los tres en mis manos
tres montañas chinas,
tres sombras de caballo,
tres paisajes de nieve y una cabaña de azucenas
por los palomares donde la luna se pone plana
                                [bajo el gallo.

Uno

y uno
y uno.
Estaban los tres momificados,
con las moscas del invierno,
con los tinteros que orina el perro y desprecia
                                [el vilano,
con la brisa que hiela el corazón de todas las madres,
por los blancos derribos de Júpiter donde meriendan
                                [muerte los borrachos.

Lourenço,

Emílio,
Henrique.
Estavam os três enterrados:
Lourenço num seio de Flora;
Emílio na hirta genebra que se esquece no copo;
Henrique na formiga, no mar e nos olhos vazios
                        [dos pássaros.

Lourenço,

Emílio,
Henrique.

Foram os três em minhas mãos
três montanhas chinesas,
três sombras de cavalo,
três paisagens de neve e uma cabana de açucenas
pelos pombais onde a lua se abaixa sob o
                             [galo.

Um

e um
e um.
Estavam os três mumificados,
com as moscas do inverno,
com os tinteiros que urina o cão e despreza
                            [o vilão,
com a brisa que gela o coração de todas as mães,
pelos brancos entulhos de Júpiter onde merendam
                              [morte os bêbados.

Tres

y dos
y uno.
Los vi perderse llorando y cantando
por un huevo de gallina,
por la noche que enseñaba su esqueleto de tabaco,
por mi dolor lleno de rostros y punzantes esquirlas
 [de luna,
por mi alegría de ruedas dentadas y látigos,
por mi pecho turbado por las palomas,
por mi muerte desierta con un solo paseante
 [equivocado.

  Yo había matado la quinta luna
y bebían agua por las fuentes los abanicos y los
 [aplausos.
Tibia leche encerrada de las recién paridas
agitaba las rosas con un largo dolor blanco.
Enrique,
Emilio,
Lorenzo.
Diana es dura,
pero a veces tiene los pechos nublados.
Puede la piedra blanca latir en la sangre del ciervo
y el ciervo puede soñar por los ojos de un caballo.

  Cuando se hundieron las formas puras
bajo el cri cri de las margaritas,
comprendí que me habían asesinado.
Recorrieron los cafés y los cementerios y las iglesias,
abrieron los toneles y los armarios,
destrozaron tres esqueletos para arrancar sus dientes
 [de oro.

Três

e dois
e um.
Vi-os perderem-se, chorando e cantando
por um ovo de galinha,
pela noite que mostrava seu esqueleto de tabaco,
pela minha dor cheia de rostos e pungentes esquírolas
                              [de lua
por minha alegria de rodas dentadas e látigos,
por meu peito turbado pelas pombas,
por minha morte deserta com um só passeante
                              [equivocado.

 Eu havia matado a quinta lua
e bebiam água pelas fontes os leques e os
                              [aplausos.
Morno leite enclausurado das recém-paridas
agitava as rosas com uma longa dor branca.
Henrique,
Emílio,
Lourenço.
Diana é dura,
mas às vezes tem os peitos nublados.
Pode a pedra branca latejar no sangue do cervo
e o cervo pode sonhar pelos olhos de um cavalo.

 Quando se fundiram as formas puras
sob o cricri das margaridas,
compreendi que me haviam assassinado.
Percorreram os cafés e os cemitérios e as igrejas,
abriram os tonéis e os armários,
destroçaram três esqueletos para arrancar seus dentes
                              [de ouro.

Ya no me encontraron.
¿No me encontraron?
No. No me encontraron.
Pero se supo que la sexta luna huyó torrente arriba,
y que el mar recordó ¡de pronto!
los nombres de todos sus ahogados.

Já não me encontraram.
Não me encontraram?
Não. Não me encontraram.
Mas se soube que a sexta lua fugiu torrente acima,
e que o mar recordou sem tardança
os nomes de todos os seus afogados.

TU INFÂNCIA EN MENTON

Sí, tu niñez ya fábula de fuentes.
JORGE GUILLÉN

Sí, tu niñez ya fábula de fuentes.
El tren y la mujer que llena el cielo.
Tu soledad esquiva en los hoteles
y tu máscara pura de otro signo.
Es la niñez del mar y tu silencio
donde los sabios vidrios se quebraban.
Es tu yerta ignorancia donde estuvo
mi torso limitado por el fuego.
Norma de amor te di, hombre de Apolo,
llanto con ruiseñor enajenado,
pero, pasto de ruina, te afilabas
para los breves sueños indecisos.
Pensamiento de enfrente, luz de ayer,
índices y señales del acaso.
Tu cintura de arena sin sosiego
atiende solo rastros que no escalan.
Pero yo he de buscar por los rincones
tu alma tibia sin ti que no te entiende,
con el dolor de Apolo detenido

TUA INFÂNCIA EM MENTON

> *Sí, tu niñez ya fábula de fuentes.*
> Jorge Guillén

Sim, tua infância já fábula de fontes.
O trem e a mulher que enche o céu.
Tua solidão esquiva nos hotéis
e tua máscara pura de outro signo.
É a infância do mar e teu silêncio
onde as sábias vidraças se quebravam.
É a tua hirta ignorância onde esteve
meu torso limitado pelo fogo.
Norma de amor te dei, homem de Apolo,
pranto de rouxinol alienado,
porém, pasto de ruína, te afiavas
para os breves sonhos indecisos.
Pensamento de fronte, luz de ontem,
índices e sinais do acaso.
Tua cintura de areia sem sossego
atende só rastros que não escalam.
Mas eu hei de buscar pelos rincões
tua alma tíbia sem ti que não te entende,
com a dor de Apolo detido

con que he roto la máscara que llevas.
Allí, león, allí furia del cielo,
te dejaré pacer en mis mejillas;
allí, caballo azul de mi locura,
pulso de nebulosa y minutero,

he de buscar las piedras de alacranes
y los vestidos de tu madre niña,
llanto de media noche y paño roto
que quitó luna de la sien del muerto.
Sí, tu niñez ya fábula de fuentes.
Alma extraña de mi hueco de venas,
te he de buscar pequeña y sin raíces.
¡Amor de siempre, amor, amor de nunca!
¡Oh, sí! Yo quiero. ¡Amor, amor! Dejadme.
No me tapen la boca los que buscan
espigas de Saturno por la nieve
o castran animales por un cielo,
clínica y selva de la anatomía.
Amor, amor, amor. Niñez del mar.
Tu alma tibia sin ti que no te entiende.
Amor, amor, un vuelo de la corza
por el pecho sin fin de la blancura.
Y tu niñez, amor, y tu niñez.
El tren y la mujer que llena el cielo.
Ni tú, ni yo, ni el aire, ni las hojas.
Sí, tu niñez ya fábula de fuentes.

com que rasguei a máscara que trazes.
Ali, leão, ali fúria do céu,
deixar-te-ei pastar em minhas faces;
ali, cavalo azul de minha loucura,
pulso de nebulosa e ponteiro de relógio que marca
[os minutos,
hei de buscar as pedras de lacraias
e os vestidos de tua mãe menina,
pranto de meia-noite e pano roto
que tirou lua da face do morto.
Sim, tua infância já fábula de fontes.
Alma estranha de meu oco de veias,
buscar-te-ei pequena e sem raízes.
Amor de sempre, amor, amor de nunca!
Oh, sim! Eu quero. Amor, amor! Deixai-me.
Não me tapem a boca os que buscam
espigas de Saturno pela neve
ou castram animais por um céu,
clínica e selva da anatomia.
Amor, amor, amor. Infância do mar.
Tua alma tíbia sem ti que não te entende.
Amor, amor, um vôo da corça
pelo peito sem fim da brancura.
E tua infância, amor, e tua infância.
O trem e a mulher que enche o céu.
Nem tu, nem eu, nem o ar, nem as folhas.
Sim, tua infância já fábula de fontes.

II

LOS NEGROS

Para Angel Del Río

II

OS NEGROS

Para Angel Del Río

NORMA Y PARAISO DE LOS NEGROS

ODIAN la sombra del pájaro
sobre el pleamar de la blanca mejilla
y el conflicto de luz y viento
en el salón de la nieve fría.

Odian la flecha sin cuerpo,
el pañuelo exacto de la despedida,
la aguja que mantiene presión y rosa
en el gramíneo rubor de la sonrisa.

Aman el azul desierto,
las vacilantes expresiones bovinas,
la mentirosa luna de los polos,
la danza curva del agua en la orilla.

Con la ciencia del tronco y del rastro
llenan de nervios luminosos la arcilla
y patinan lúbricos por agua y arenas
gustando la amarga frescura de su milenaria saliva.

Es por el azul crujiente,
azul sin un gusano ni una huella dormida,
donde los huevos de avestruz quedan eternos
y deambulan intactas las lluvias bailarinas.

NORMA E PARAÍSO DOS NEGROS

Odeiam a sombra do pássaro
na preamar da branca face
e o conflito de luz e vento
no salão da neve fria.

Odeiam a flecha sem corpo,
o lenço exato da despedida,
a agulha que mantém pressão e rosa
no gramíneo rubor do sorriso.

Amam o azul deserto,
as vacilantes expressões bovinas,
a mentirosa lua dos pólos,
a dança curva da água na margem.

Com a ciência do tronco e do rastro
enchem de nervos luminosos a argila
e patinam lúbricos por água e areias
degustando a amarga frescura de sua milenária saliva.

É pelo azul rangente,
azul sem verme ou rastro adormecido,
onde os ovos de avestruz ficam eternos
e deambulam intactas as chuvas bailarinas.

Es por el azul sin historia,
azul de una noche sin temor de día,
azul donde el desnudo del viento va quebrando
los camellos sonámbulos de las nubes vacías.

Es allí donde sueñan los torsos bajo la gula de la
[hierba.
Allí los corales empapan la desesperación de la tinta,
los durmientes borran sus perfiles bajo la madeja
[de los caracoles
y queda el hueco de la danza sobre las últimas
[cenizas.

É pelo azul sem história,
azul de uma noite sem temor de dia,
azul onde a nudez do vento vai quebrando
os camelos sonâmbulos das nuvens vazias.

É ali onde sonham os torsos sob a gula da
[erva.
Ali os corais empapam o desespero da tinta,
os dormentes apagam seus perfis sob a madeixa
[dos caracóis
e fica o oco de dança sobre as últimas cinzas.

ODA AL REY DE HARLEM

Con una cuchara,
arrancaba los ojos a los cocodrilos
y golpeaba el trasero de los monos.
Con una cuchara.

   Fuego de siempre dormía en los pedernales
y los escarabajos borrachos de anís
olvidaban el musgo de las aldeas.

   Aquel viejo cubierto de setas
iba al sitio donde lloraban los negros
mientras crujía la cuchara del rey
y llegaban los tanques de agua podrida.

   Los rosas huían por los filos
de las últimas curvas del aire,
y en los montones de azafrán
los niños machacaban pequeñas ardillas
con un rubor de frenesí manchado.

   Es preciso cruzar los puentes
y llegar al rubor negro
para que el perfume de pulmón

ODE AO REI DE HARLEM

Com uma colher,
arrancava os olhos dos crocodilos
e batia no traseiro dos macacos.
Com uma colher.

  Fogo de sempre dormia nos pedernais
e os escaravelhos embriagados de anis
olvidavam o musgo das aldeias.

  Aquele velho coberto de setas
ia ao lugar onde choravam os negros
enquanto rangia a colher do rei
e chegavam os tanques de água podre.

  As rosas fugiam pelos fios
das últimas curvas do ar,
e nos montões de açafrão
os meninos machucavam esquilinhos
com um rubor de frenesi manchado.

  É preciso cruzar as pontes
e chegar ao rubor negro
para que o perfume do pulmão

nos golpee las sienes con su vestido
de caliente piña.

  Es preciso matar al rubio vendedor de aguardiente,
a todos los amigos de la manzana y de la arena,
y es necesario dar con los puños cerrados
a las pequeñas judías que tiemblan llenas de burbujas,
para que el rey de Harlem cante con su
                         [muchedumbre,
para que los cocodrilos duerman en largas filas
bajo el amianto de la luna,
y para que nadie dude de la infinita belleza
de los plumeros, los ralladores, los cobres y las
                         [cacerolas de las cocinas.

  ¡Ay Harlem! ¡Ay Harlem! ¡Ay Harlem!
¡No hay angustia comparable a tus ojos oprimidos,
a tu sangre estremecida dentro del eclipse oscuro,
a tu violencia granate sordomuda en la penumbra,
a tu gran rey prisionero con un traje de conserje!

                    *

  Tenía la noche una hendidura y quietas
                    [salamandras de marfil.
Las muchachas americanas llevaban niños y
                    [monedas en el vientre,
y los muchachos se desmayaban en la cruz del
                    [desperezo.

  Ellos son.
Ellos son los que beben el *whisky* de plata junto a
                    [los volcanes
y tragan pedacitos de corazón, por las heladas
                    [montañas del oso.

nos golpeie as fontes com o seu vestido
de quente pinha.

 É preciso matar o ruivo vendedor de aguardente,
todos os amigos da maçã e da areia,
e é necessário dar com os punhos fechados
nas pequenas judias que tremem cheias de borbulhas,
para que o rei de Harlem cante com a sua
                                   [multidão,
para que os crocodilos durmam em longas filas
sob o amianto da lua,
e para que ninguém duvide da infinita beleza
dos espanadores, raladores, os cobres e
              [caçarolas das cozinhas.

 Ai, Harlem! Ai, Harlem! Ai, Harlem!
Não há angústia comparável a teus olhos oprimidos,
a teu sangue estremecido dentro do eclipse escuro,
a tua violência rubra surda-muda na penumbra,
a teu grande rei prisioneiro com um traje de porteiro!

*

Tinha a noite uma fenda e quietas
              [salamandras de marfim.
As moças americanas levavam meninos e
                        [moedas no ventre,
e os rapazes desmaiavam na cruz do
                    [espreguiçamento.

 Eles são.
Eles são os que bebem o whisky de prata perto
                              [dos vulcões
e tragam pedacinhos de coração, pelas geladas
                    [montanhas do urso.

Aquella noche el rey de Harlem,
con una durísima cuchara
arrancaba los ojos a los cocodrilos
y golpeaba el trasero de los monos.
Con una cuchara.
Los negros lloraban confundidos
entre paraguas y soles de oro,
los mulatos estiraban gomas, ansiosos de llegar al
[torso blanco,
y el viento empañaba espejos
y quebraba las venas de los bailarines.

Negros, Negros, Negros, Negros.

La sangre no tiene puertas en vuestra noche boca
[arriba.
No hay rubor. Sangre furiosa por debajo de las
[pieles,
viva en la espina del puñal y en el pecho de los
[paisajes,
bajo las pinzas y las retamas de la celeste luna de
[cáncer.

Sangre que busca por mil caminos muertes
[enharinadas y ceniza de nardo,
cielos yertos en declive, donde las colonias de
[planetas
ruedan por las playas con los objetos abandonados.

Sangre que mira lenta con el rabo del ojo,
hecha de espartos exprimidos, néctares de
[subterráneos.
Sangre que oxida el alisio descuidado en una huella
y disuelve a las mariposas en los cristales de la
[ventana.

Aquela noite o rei de Harlem
com uma duríssima colher
arrancava os olhos dos crocodilos
e batia no traseiro dos macacos.
Com uma colher.
Os negros choravam confundidos
entre guarda-chuvas e sóis de ouro,
os mulatos esticavam gomas, ansiosos por chegar ao
                                                   [torso branco,
e o vento empapava espelhos
e quebrava as veias dos bailarinos.

Negros, Negros, Negros, Negros.

O sangue não tem portas em vossa noite boca
                                                   [acima.
Não há rubor. Sangue furioso por baixo das
                                                   [peles,
vivo na espinha do punhal e no peito das
                                                   [paisagens,
sob as pinças e retamas da celeste lua de
                                                 [câncer.

Sangue que busca por mil caminhos mortes
                             [esfarinhadas e cinza de nardo,
céus hirtos em declive, onde as colônias de
                                             [planetas
rodam pelas praias com os objetos abandonados.

Sangue que olha lento com o rabo do olho,
feito de espartos espremidos, néctares de
                                           [subterrâneos.
Sangue que oxida o alísio descuidado em um rastro
e dissolve as mariposas nos vidros da janela.

Es la sangre que viene, que vendrá
por los tejados y azoteas, por todas partes,
para quemar la clorofilia de las mujeres rubias,
para gemir al pie de las camas ante el insomnio de
                    [los lavabos
y estrellarse en una aurora de tabaco y bajo amarillo.

Hay que huir,
huir por las esquinas y encerrarse en los últimos
                    [pisos,
porque el tuétano del bosque penetrará por las
                    [rendijas
para dejar en vuestra carne una leve huella de eclipse
y una falsa tristeza de guante desteñido y rosa
                    [química.

*

Es por el silencio sapientísimo
cuando los camareros y los cocineros y los que
                    [limpian con la lengua
las heridas de los millonarios
buscan al rey por las calles o en los ángulos del
                    [salitre.

Un viento sur de madera, oblicuo en el negro
                    [fango,
escupe a las barcas rotas y se clava puntillas en los
                    [hombros;
un viento sur que lleva
colmillos, girasoles, alfabetos
y una pila de Volta con avispas ahogadas.

El olvido estaba expresado por tres gotas de tinta
                    [sobre el monóculo,

É o sangue que vem, que virá
pelos telhados e açotéias, por todas as partes,
para queimar a clorofila das mulheres loiras,
para gemer ao pé das camas ante a insônia
                      [dos lavabos
e esfacelar-se numa aurora de tabaco e baixo amarelo.

É preciso fugir,
fugir pelas esquinas e encerrar-se nos últimos
                           [andares,
porque o tutano do bosque penetrará pelas
                           [frinchas
para deixar em vossa carne um leve rastro de
                           [eclipse
e uma falsa tristeza de luva desbotada e rosa
                           [química.

*

É pelo silêncio sapientíssimo
quando os camareiros e os cozinheiros e os que
                      [limpam com a língua
as feridas dos milionários
buscam o rei pelas ruas ou nos ângulos do salitre.

Um vento sul de madeira, oblíquo no negro
                           [lodo,
cospe nas barcas partidas e crava pontilhas nos
                           [ombros;
um vento sul que leva
colmilhos, girassóis e alfabetos
e uma pilha de Volta com vespas afogadas.

O olvido estava expresso por três gotas de tinta
                        [sobre o monóculo,

el amor por un solo rostro invisible a flor de piedra.
Médulas y corolas componían sobre las nubes
un desierto de tallos sin un sola rosa.

*

A la izquierda, a la derecha, por el Sur y por el
                                           [Norte,
se levanta el muro impasible
para el topo, la aguja del agua.
No busquéis, negros, su grieta
para hallar la máscara infinita.
Buscad el gran sol del centro
hechos una piña zumbadora.
El sol que se desliza por los bosques
seguro de no encontrar una ninfa,
el sol que destruye números y no ha cruzado nunca
                                           [un sueño,
el tatuado sol que baja por el río
y muge seguido de caimanes.

Negros, Negros, Negros, Negros.

Jamás sierpe, ni cebra, ni mula
palidecieron al morir.
El leñador no sabe cuándo expiran
los clamorosos árboles que corta.
Aguardad bajo la sombra vegetal de vuestro rey
a que cicutas y cardos y ortigas turben postreras
                                           [azoteas.

Entonces, negros, entonces, entonces,
podréis besar con frenesí las ruedas de las bicicletas,
poner parejas de microscopios en las cuevas de las
                                           [ardillas

o amor por um só rosto invisível à flor da pedra.
Medulas e corolas compunham sobre as nuvens
um deserto de talos sem uma única rosa.

*

À esquerda, à direita, pelo Sul e pelo
                                    [Norte,
levanta-se o muro impassível
para o topo, a agulha da água.
Não busqueis, negros, sua greta
para achar a máscara infinita.
Buscai o grande sol do centro
como se fôsseis uma pinha zumbidora.
O sol que se desliza pelos bosques
certo de não encontrar uma ninfa,
o sol que destrói números e não cruzou nunca
                                    [com um sonho,
o tatuado sol que baixa pelo rio
e muge seguido de caimães.

Negros, Negros, Negros, Negros.

Jamais serpente, nem zebra, nem mula
empalideceram ao morrer.
O lenhador não sabe quando expiram
as clamorosas árvores que corta.
Aguardai sob a sombra vegetal de vosso rei
que cicutas e cardos e urtigas turbem postremas
                                    [açotéias.

Então, negros, então, então,
podereis beijar com frenesi as rodas das bicicletas,
pôr pares de microscópios nas tocas dos
                                    [esquilos

y danzar al fin, sin duda, mientras las flores
[erizadas
asesinan a nuestro Moisés casi en los juncos del cielo.

¡Ay, Harlem disfrazada!
¡Ay, Harlem, amenazada por un gentío de trajes sin
[cabeza!
Me llega tu rumor,
me llega tu rumor atravesando troncos y ascensores,
a través de lágrimas grises,
donde flotan sus automóviles cubiertos de dientes,
a través de los caballos muertos y los crímenes
[diminutos,
a través de tu gran rey desesperado,
cuyas barbas llegan al mar.

e dançar, finalmente, sem dúvida, enquanto as flores
                                [eriçadas
assassinam nosso Moisés quase nos juncos do céu.

   Ai, Harlem disfarçada!
Ai, Harlem, ameaçada por gente de trajes sem
                                [cabeça!
Chega-me teu rumor,
chega-me teu rumor atravessando troncos e ascensores,
através de lágrimas cinzentas,
onde flutuam teus automóveis cobertos de dentes,
através dos cavalos mortos e dos crimes
                        [diminutos,
através de teu grande rei desesperado,
cujas barbas chegam ao mar.

IGLESIA ABANDONADA
(BALADA DE LA GRAN GUERRA)

Yo tenía un hijo que se llamaba Juan.
Yo tenía un hijo.
Se perdió por los arcos un viernes de todos los
 [muertos.
Le vi jugar en las últimas escaleras de la misa
y echaba un cubito de hojalata en el corazón del
 [sacerdote.
He golpeado los ataúdes. ¡Mi hijo! ¡Mi hijo! ¡Mi hijo!
Saqué una pata de gallina por detrás de la luna y
 [luego,
comprendí que mi niña era un pez
por donde se alejan las carretas.
Yo tenía una niña.
Yo tenía un pez muerto bajo las cenizas de los
 [incensarios.
Yo tenía un mar. ¿De qué? ¡Dios mío! ¡Un mar!
Subí a tocar las campanas, pero las frutas tenían
 [gusanos
y las cerillas apagadas
se comían los trigos de la primavera.
Yo vi la transparente cigüeña de alcohol
mondar las negras cabezas de los soldados agonizantes

IGREJA ABANDONADA
(BALADA DA GRANDE GUERRA)

Eu tinha um filho que se chamava João.
Eu tinha um filho.
Perdeu-se pelos arcos numa sexta-feira de todos os
[mortos.
Vi-o brincar nas últimas escadas da missa
e lançava um cubinho de lata no coração do
[sacerdote.
Bati nos ataúdes. Meu filho! Meu filho! Meu filho!
Tirei uma pata de galinha por trás da lua e
[logo
compreendi que minha menina era um peixe
por onde se afastam as carretas.
Eu tinha uma menina.
Eu tinha um peixe morto sob as cinzas dos
[incensários.
Eu tinha um mar. De quê? Meu Deus! Um mar!
Subi a tocar os sinos, mas as frutas tinham
[vermes
e os círios apagados
comiam os trigos da primavera.
Eu vi a transparente cegonha de álcool
mondar as negras cabeças dos soldados agonizantes

y vi cabañas de goma
donde giraban las copas llenas de lágrimas.
En las anémonas del ofertorio te encontraré,
                              [¡corazón mío!,
cuando el sacerdote levante la mula y el buey con
                              [sus fuertes brazos
para espantar los sapos nocturnos que rondan los
                              [helados paisajes del cáliz.
Yo tenía un hijo que era un gigante,
pero los muertos son más fuertes y saben devorar
                              [pedazos de cielo.
Si mi niño hubiera sido un oso,
yo no temería el sigilo de los caimanes,
ni hubiese visto el mar amarrado a los árboles
para ser fornicado y herido por el tropel de los
                              [regimientos.
¡Si mi niño hubiera sido un oso!
Me envolveré sobre esta lona dura para no sentir
                              [el frío de los musgos.
Sé muy bien que me darán una manga o la corbata;
pero en el centro de la misa yo romperé el timón
                              [y entonces
vendrá a la piedra la locura de pingüinos y gaviotas
que harán decir a los que duermen y a los que
                              [cantan por las esquinas:
él tenía un hijo.
¡Un hijo! ¡Un hijo! ¡Un hijo
que no era más que suyo, porque era su hijo!
¡Su hijo! ¡Su hijo! ¡Su hijo!

e vi as cabanas de borracha
onde giravam as copas cheias de lágrimas.
Nas anêmomas do ofertório te encontrarei,
                        [coração meu!,
quando o sacerdote levantar a mula e o boi com
                        [seus fortes braços
para espantar os sapos noturnos que rondam as
                        [geladas paisagens do cálice.
Eu tinha um filho que era um gigante,
porém os mortos são mais fortes e sabem devorar
                        [pedaços de céu.
Se meu menino tivesse sido um urso,
eu não temeria o sigilo dos caimães,
nem teria visto o mar amarrado às árvores
para ser fornicado e ferido pelo tropel dos
                        [regimentos.
Se meu menino tivesse sido um urso!
Envolver-me-ei nesta lona dura para não sentir
                        [o frio dos musgos.
Sei muito bem que me darão uma manga ou a gravata;
mas no centro da missa eu quebrarei o leme
                        [e então
virá à pedra a loucura dos pinguins e gaivotas
que farão dizer aos que dormem e aos que
                        [cantam pelas esquinas:
ele tinha um filho.
Um filho! Um filho! Um filho
que não era mais que seu, porque era seu filho!
Seu filho! Seu filho! Seu filho!

III

CALLES Y SUEÑOS

A Rafael R. Rapún

Un pájaro de papel en el pecho
dice que el tiempo de los besos no ha llegado.
Vicente Aleixandre

III

RUAS E SONHOS

A Rafael R. Rapún

*Un pájaro de papel en el pecho
dice que el tiempo de los besos no ha llegado.*
Vicente Aleixandre

DANZA DE LA MUERTE

EL *mascarón. ¡Mirad el mascarón!*
¡Cómo viene del Africa a New York!

  Se fueron los árboles de la pimienta,
los pequeños botones de fósforo.
Se fueron los camellos de carne desgarrada
y los valles de luz que el cisne levantaba con el pico.

  Era el momento de las cosas secas,
de la espiga en el ojo y el gato laminado,
del óxido de hierro de los grandes puentes
y el definitivo silencio del corcho.

  Era la gran reunión de los animales muertos,
traspasados por las espadas de la luz;
la alegría eterna del hipopótamo con las pezuñas
                                  [de ceniza
y de la gacela con una siempreviva en la garganta.

  En la marchita soledad sin honda
el abollado mascarón danzaba.
Medio lado del mundo era de arena,
mercurio y sol dormido el otro medio.

DANÇA DA MORTE

O mascarão. Olhai o mascarão!
Como vem de África a Nova York!

 Foram-se as árvores de pimenta,
os pequenos botões de fósforo.
Foram-se os camelos de carne desgarrada
e os vales de luz que o cisne levantava com o bico.

 Era o momento das coisas secas,
da espiga no olho e o gato laminado,
do óxido de ferro das grandes pontes
e o definitivo silêncio do corcho.

 Era a grande reunião dos animais mortos,
traspassados pelas espadas de luz;
a alegria eterna do hipopótamo com as patas
         [unguladas de cinza
e da gazela com a sempre-viva na garganta.

 Na minha solidão sem fundo
o abolado mascarão dançava.
Meio lado do mundo era de areia
mercúrio e sol dormido o outro meio.

El mascarón. ¡Mirad el mascarón!
¡Arena, caimán y miedo sobre Nueva York!

*

Desfiladeros de cal aprisionaban un cielo vacío
donde sonaban las voces de los que mueren bajo el
  [guano.
Un cielo mondado y puro, idéntico a sí mismo,
con el bozo y lirio aguado de sus montañas invisibles,

acabó con los más leves tallitos del canto
y se fue al diluvio empaquetado de la savia,
a través del descanso de los últimos desfiles,
levantando con el rabo pedazos de espejo.

Cuando el chino lloraba en el tejado
sin encontrar el desnudo de su mujer
y el director del banco observando el manómetro
que mide el cruel silencio de la moneda,
el mascarón llegaba al Wall Street.

No es extraño para la danza
este columbario que pone los ojos amarillos.
De la esfinge a la caja de caudales hay un hilo tenso
que atraviesa el corazón de todos los niños pobres.
El ímpetu primitivo baila con el ímpetu mecánico,
ignorantes en su frenesí de la luz original.
Porque si la rueda olvida su fórmula,
ya puede cantar desnuda con las manadas de
  [caballos:
y si una llama quema los helados proyectos,
el cielo tendrá que huir ante el tumulto de las
  [ventanas.

O mascarão. Olhai o mascarão!
Areia, caimão e medo sobre Nova York!

*

Desfiladeiros de cal aprisionavam um céu vazio
onde soavam as vozes dos que morrem sob o
                                      [guano.
Um céu mondado e puro, idêntico a si mesmo,
com o buço e lírio aguado de suas montanhas invisíveis,

acabou com os mais leves talinhos do canto
e foi-se para o dilúvio empacotado da seiva,
através do descanso dos últimos desfiles,
levantando com o rabo pedaços de espelho.

Quando o chinês chorava no telhado
sem encontrar a nudez de sua mulher
e o diretor do banco observando o manômetro
que mede o cruel silêncio da moeda,
o mascarão chegava a Wall Street.

Não é estranho para a dança
este columbário que torna os olhos amarelos.
Da esfinge à caixa de caudais há um fio tenso
que atravessa o coração de todos os meninos pobres.
O ímpeto primitivo baila com o ímpeto mecânico,
ignorantes em seu frenesi da luz original.
Porque se a roda esquece sua fórmula,
já pode cantar desnuda com as manadas de
                                        [cavalos:
e se uma chama queima os gelados projetos,
o céu terá que fugir ante o tumulto das
                                        [janelas.

No es extraño este sitio para la danza, yo lo digo.
El mascarón bailará entre columnas de sangre y de
[números,
entre huracanes de oro y gemidos de obreros
[parados
que aullarán, noche oscura, por tu tiempo sin luces,
¡oh salvaje Norteamérica!, ¡oh impúdica!, ¡oh
[salvaje,
tendida en la frontera de la nieve!

El mascarón. ¡Mirad el mascarón!
¡Qué ola de fango y luciérnaga sobre Nueva York!

*

Yo estaba en la terraza luchando con la luna.
Enjambres de ventanas acribillaban un muslo de la
[noche.
En mis ojos bebían las dulces vacas de los cielos.
Y las brisas de largos remos
golpeaban los cenicientos cristales de Broadway.

La gota de sangre buscaba la luz de la yema del
[astro
para fingir una muerta semilla de manzana.
El aire de la llanura, empujado por los pastores,
temblaba con un miedo de molusco sin concha.

Pero no son los muertos los que bailan,
estoy seguro.
Los muertos están embebidos, devorando sus
[propias manos.
Son los otros los que bailan con el mascarón y su
[vihuela;
son los otros, los borrachos de plata, los hombres
[fríos,

Não é estranho este lugar para a dança, eu o digo.
O mascarão bailará entre colunas de sangue e de
 [números,
entre furacões de ouro e gemidos de operários
 [parados
que uivarão, noite escura, por teu tempo sem luzes,
oh, selvagem Norte-América!, oh, impudica!, oh,
 [selvagem,
estendida na fronteira da neve!

O mascarão. Olhai o mascarão!
Que onda de lama e vaga-lume sobre Nova York!

*

Eu estava no terraço lutando com a lua.
Enxames de janelas esburacavam um músculo da
 [noite.
Em meus olhos bebiam as doces vacas dos céus.
E as brisas de longos remos
golpeavam os cinzentos cristais da Broadway.

A gota de sangue buscava a luz da gema do
 [astro
para fingir uma morta semente de maçã.
O ar da planície, empurrando pelos pastores,
tremia com um medo de molusco sem concha.

Mas não são os mortos os que bailam,
estou certo.
Os mortos estão embebidos, devorando suas
 [próprias mãos.
São os outros os que bailam com o mascarão e sua
 [guitarra;
são os outros, os bêbados de prata, os homens
 [frios,

los que crecen en el cruce de los muslos y llamas
[duras,
los que buscan la lombriz en el paisaje de las
[escaleras,
los que beben en el banco de lágrimas de niña
[muerta
o los que comen por las esquinas diminutas
[pirámides del alba.

¡Que no baile el Papa!
¡No, que no baile el Papa!
Ni el Rey,
ni el milionario de dientes azules,
ni las bailarinas secas de las catedrales,
ni constructores, ni esmeraldas, ni locos, ni
[sodomitas.

Solo este mascarón,
este mascarón de vieja escarlatina,
¡solo este mascarón!

Que ya las cobras silbarán por los últimos pisos,
que ya las ortigas estremecerán patios y terrazas,
que ya la Bolsa será una pirámide de musgo,
que ya vendrán lianas después de los fusiles
y muy pronto, muy pronto, muy pronto.
¡Ay, Wall Street!

El mascarón. ¡Mirad el mascarón!
¡Cómo escupe veneno del bosque
por la angustia imperfecta de Nueva York!

Diciembre, 1929

os que crescem no cruzamento das coxas e chamas
[duras,
os que buscam a lombriga na paisagem das
[escadas,
os que bebem no banco de lágrimas de menina
[morta
ou os que comem pelas esquinas diminutas
[pirâmides da aurora.

Que não baile o Papa!
Não, que não baile o Papa!
Nem o Rei,
nem o milionário de dentes azuis,
nem as bailarinas secas das catedrais,
nem construtores, nem esmeraldas, nem loucos,
[nem sodomitas.
Só este mascarão,
este mascarão de velha escarlatina,
só este mascarão!

Que já as cobras silvarão pelos últimos andares,
que já as urtigas estremecerão pátios e terraços,
que já a Bolsa será uma pirâmide de musgo,
que já virão lianas depois dos fuzis
e muito em breve, muito em breve, muito em breve.
Ai! Wall Street.

O mascarão. Olhai o mascarão!
Como cospe veneno de bosque
pela angústia imperfeita de Nova York!

Dezembro, 1929

PAISAJE DE LA MULTITUD QUE VOMITA
(ANOCHECER DE CONEY ISLAND)

La mujer gorda venía delante
arrancando las raíces y mojando el pergamino de los
[tambores;
la mujer gorda
que vuelve del revés los pulpos agonizantes.
La mujer gorda, enemiga de la luna,
corría por las calles y los pisos deshabitados
y dejaba por los rincones pequeñas calaveras de
[paloma
y levantaba las furias de los banquetes de los siglos
[últimos
y llamaba al demonio del pan por las colinas de cielo
[barrido
y filtraba un ansia de luz en las circulaciones
[subterráneas.
Son los cementerios, lo sé, son los cementerios
y el dolor de las cocinas enterradas bajo la arena,
son los muertos, los faisanes y las manzanas de otra
[hora
los que nos empujan en la garganta.

PAISAGEM DA MULTIDÃO QUE VOMITA
(ANOITECER DE CONEY ISLAND)

A mulher gorda vinha adiante
arrancando as raízes e molhando o pergaminho dos
                              [tambores;
a mulher gorda
que vira do avesso os polvos agonizantes.
A mulher gorda, inimiga da lua,
corria pelas ruas e pelos andares desabitados
e deixava pelos cantos pequenas caveiras de
                              [pomba
e levantava as fúrias dos banquetes dos séculos
                              [derradeiros
e chamava o demônio do pão pelas colinas do céu
                              [varrido
e filtrava uma ânsia de luz nas circulações
                              [subterrâneas.
São os cemitérios, eu o sei, são os cemitérios
e a dor das cozinhas enterradas sob a areia,
são os mortos, os faisões e as maçãs de outra
                              [hora
os que nos apertam a garganta.

Llegaban los rumores de la selva del vómito
con las mujeres vacías, con niños de cera
[caliente,
con árboles fermentados y camareros incansables
que sirven platos de sal bajo las arpas de la saliva.
Sin remedio, hijo mío, ¡vomita! No hay remedio.
No es el vómito de los húsares sobre los pechos de
[la prostituta,
ni el vómito del gato que se tragó una rana por
[descuido.
Son los muertos que arañan con sus manos de tierra
las puertas de pedernal donde se pudren nublos y
[postres.

La mujer gorda venía delante
con las gentes de los barcos, de las tabernas y de
[los jardines.
El vómito agitaba delicadamente sus tambores
entre algunas niñas de sangre
que pedían protección a la luna.
¡Ay de mí! ¡Ay de mí! ¡Ay de mí!
Esta mirada mía fue mía, pero ya no es mía,
esta mirada que tiembla desnuda por el alcohol
y despide barcos increíbles
por las anémonas de los muelles.
Me defiendo con esta mirada
que mana de las ondas por donde el alba no se atreve,
yo, poeta sin brazos, perdido
entre la multitud que vomita,
sin caballo efusivo que corte
los espesos musgos de mis sienes.

Pero la mujer gorda seguía delante
y la gente buscaba las farmacias
donde el amargo trópico se fija.

Chegavam os rumores de selva do vômito
com as mulheres vazias, com meninos de cera
[quente,
com árvores fermentadas e camareiros incansáveis
que servem pratos de sal sob as harpas da saliva.
Sem remédio, meu filho, vomita! Não há remédio.
Não é o vômito dos hussardos sobre os peitos da
[prostituta,
nem o vômito do gato que engoliu uma rã por
[descuido.
São os mortos que arranham com suas mãos de terra
as portas de pedernal onde apodrecem desgraças e
[sobremesas.

A mulher gorda vinha adiante
com as gentes dos barcos, das tabernas e
[dos jardins.
O vômito agitava delicadamente seus tambores
entre algumas meninas de sangue
que pediam proteção à lua.
Ai de mim! Ai de mim! Ai de mim!
Esta olhada minha foi minha, mas já não é minha,
esta olhada que treme nua por causa do álcool
e lança barcos incríveis
pelas anêmonas dos cais.
Defendo-me com esta olhada
que mana das ondas por onde a aurora não se atreve,
eu, poeta sem braços, perdido
entre a multidão que vomita,
sem cavalo efusivo que corte
os espessos musgos de minhas fontes.

Mas a mulher gorda seguia adiante
e o povo procurava as farmácias
onde o amargo trópico se fixa.

Solo cuando izaron la bandera y llegaron los
 [primeros canes
la ciudad entera se agolpó en las barandillas de
 [embarcadero.

New York, 29 de diciembre de 1929

Só quando içaram a bandeira e chegaram os
                              [primeiros cães
a cidade inteira se ajuntou nas varandinhas do
                              [embarcadouro.

Nova York, 29 de dezembro de 1929

PAISAJE DE LA MULTITUD QUE ORINA
(NOCTURNO DE BATTERY PLACE)

Se quedaron solos:
aguardaban la velocidad de las últimas bicicletas.
Se quedaron solas:
esperaban la muerte de un niño en el velero japonés.
Se quedaron solos y solas,
soñando con los picos abiertos de los pájaros
[agonizantes,
con el agudo quitasol que pincha
al sapo recién aplastado,
bajo un silencio con mil orejas
y diminutas bocas de agua
en los desfiladeros que resisten
el ataque violento de la luna.
Lloraba el niño del velero y se quebraban los
[corazones
angustiados por el testigo y la vigilia de todas las
[cosas
y porque todavía en el suelo celeste de negras huellas
gritaban nombres oscuros, salivas y radios de níquel.
No importa que el niño calle cuando le clavan el
[último alfiler,
ni importa la derrota de la brisa en la corola del
[algodón,

PAISAGEM DA MULTIDÃO QUE URINA
(NOTURNO DE BATTERY PLACE)

FICARAM sozinhos:
aguardavam a velocidade das últimas bicicletas.
Ficaram sozinhas:
esperavam a morte de um menino no veleiro japonês.
Ficaram sozinhos e sozinhas,
sonhando com os bicos abertos dos pássaros
[agonizantes,
com o agudo guarda-sol que fura
o sapo recém-esmagado,
sob um silêncio com mil orelhas
e diminutas bocas de água
nos desfiladeiros que resistem
ao ataque violento da lua.
Chorava o menino do veleiro e se partiam os
[corações
angustiados pelo testemunho e vigília de todas as
[coisas
e porque ainda no solo celeste de negras pegadas
gritavam nomes escuros, salivas e rádios de níquel.
Não importa que o menino se cale quando lhe
[cravam o último alfinete,
nem importa a derrota da brisa na corola do
[algodão,

porque hay un mundo de la muerte con marineros
                            [definitivos
que se asomarán a los arcos y os helarán por
                            [detrás de los árboles.
Es inútil buscar el recodo
donde la noche olvida su viaje
y acechar un silencio que no tenga
trajes rotos y cáscaras y llanto,
porque tan solo el diminuto banquete de la araña
basta para romper el equilibrio de todo el cielo.
No hay remedio para el gemido del velero japonés,
ni para estas gentes ocultas que tropiezan con las
                            [esquinas.
El campo se muerde la cola para unir las raíces en
                            [un punto
y el ovillo busca por la grama su ansia de longitud
                            [insatisfecha.
¡La luna! Los policías. ¡Las sirenas de los
                            [transatlánticos!
Fachada de crin, de humo; anémonas, guantes de
                            [goma.
Todo está roto por la noche,
abierta de piernas sobre las terrazas.
Todo está roto por los tibios caños
de una terrible fuente silenciosa.
¡Oh gentes! ¡Oh mujercillas! ¡Oh soldados!
Será preciso viajar por los ojos de los idiotas,
campos libres donde silban mansas cobras
                            [deslumbradas,
paisajes llenos de sepulcros que producen
                            [fresquísimas manzanas,
para que venga la luz desmedida
que temen los ricos detrás de sus lupas,

porque há um mundo da morte com marinheiros
                              [definitivos
que assomarão nos arcos e o gelarão por
                              [trás das árvores.
É inútil buscar o ângulo
onde a noite esquece sua viagem
e espreitar um silêncio que não tenha
trajes rotos e cascas e pranto,
porque tão-somente o diminuto banquete da aranha
basta para romper o equilíbrio de todo o céu.
Não há remédio para o gemido do veleiro japonês,
nem para estas gentes ocultas que tropeçam com as
                              [esquinas.
O campo morde sua cauda para unir as raízes em
                              [um ponto
e o novelo busca pela grama sua ânsia de longitude
                              [insatisfeita.
A lua! Os policiais! As sirenas do transatlânticos!

Fachada de crina, de fumaça; anêmonas, luvas de
                              [borracha.
Tudo está roto pela noite,
aberta de pernas sobre os terraços.
Tudo está roto pelos tíbios canos
de uma terrível fonte silenciosa.
Oh, gentes! Oh, mulherzinhas! Oh, soldados!
Será preciso viajar pelos olhos dos idiotas,
campos livres onde silvam mansas cobras
                              [deslumbradas,
paisagens cheias de sepulcros que produzem
                              [fraquíssimas maçãs,
para que venha a luz desmedida
que temem os ricos por trás de suas lupas,

el olor que un solo cuerpo con la doble vertiente
 [de lis y rata
y para que se quemen estas gentes que pueden orinar
 [alrededor de un gemido
o en los cristales donde se comprenden las olas
 [nunca repetidas.

o odor de um só corpo com a dupla vertente
[de lírio e rata
e para que se queimem estas gentes que podem
[urinar em redor de um gemido
ou nos cristais onde se compreendem as ondas
[nunca repetidas.

ASESINATO

(DOS VOCES DE MADRUGADA EN RIVERSIDE DRIVE)

¿Cómo *fue*?
— Una grieta en la mejilla.
¡Eso es todo!
Una uña que aprieta el tallo.
Un alfiler que bucea
hasta encontrar las raicillas del grito.
Y el mar deja de moverse.
— *¿Cómo, cómo fue?*
— Así.
— *¡Déjame! ¿De esa manera?*
— Sí.
El corazón salió solo.
— *¡Ay, ay de mí!*

ASSASSINATO
(DUAS VOZES DE MADRUGADA EM RIVERSIDE DRIVE)

Como *foi?*
— Uma greta na faca.
Isso é tudo!
Uma unha que aperta o talo.
Um alfinete que busca
até encontrar as raizinhas do grito.
E o mar deixa de mover-se.
— *Como, como foi?*
— Assim.
— *Deixa-me! Dessa maneira?*
— Sim.
O coração saiu sozinho.
— *Ai, ai de mim!*

NAVIDAD EN EL HUDSON

¡Esa esponja gris!
Ese marinero recién degollado.
Ese río grande.
Esa brisa de límites oscuros.
Ese filo, amor, ese filo.
Estaban los cuatro marineros luchando con el
                                         [mundo,
con el mundo de aristas que ven todos los ojos,
con el mundo que no se puede recorrer sin caballos.
Estaban uno, cien, mil marineros,
luchando con el mundo de las agudas velocidades,
sin enterarse de que el mundo
estaba solo por el cielo.

  El mundo solo por el cielo solo.
Son las colinas de martillos y el triunfo de la hierba
                                         [espesa.
Son los vivísimos hormigueros y las monedas en el
                                         [fango.
El mundo solo por el cielo solo
y el aire a la salida de todas las aldeas.

  Cantaba la lombriz el terror de la rueda

NATAL NO HUDSON

Essa esponja cinzenta!
Esse marinheiro recém-degolado.
Esse rio grande.
Essa brisa de limites escuros.
Esse fio, amor, esse fio.
Estavam os quatro marinheiros lutando com o
                                        [mundo,
com o mundo de arestas que todos os olhos vêem,
com o mundo que não se pode percorrer sem cavalos.
Estavam um, cem, mil marinheiros,
lutando com o mundo das agudas velocidades,
sem inteirar-se de que o mundo
estava só pelo céu.

 O mundo sozinho pelo céu sozinho.
São as colinas de martelos e o triunfo da erva
                                        [espessa.
São os vivíssimos formigueiros e as moedas no
                                        [lodo.
O mundo sozinho pelo céu sozinho
e o ar à saída de todas as aldeias.

 Cantava a lombriga o terror da roda,

y el marinero degollado
cantaba el oso de agua que lo había de estrechar;
y todos cantaban aleluya,
aleluya. Cielo desierto.
Es lo mismo, ¡lo mismo!, aleluya.

He pasado toda la noche en los andamios de los
                                               [arrabales
dejándome la sangre por la escayola de los proyectos,
ayudando a los marineros a recoger las velas
                                               [desgarradas.
Y estoy con las manos vacías en el rumor de la
                                             [desembocadura.
No importa que cada minuto
un niño nuevo agite sus ramitos de venas,
ni que el parto de la víbora, desatado bajo las ramas,
calme la sed de sangre de los que miran el desnudo.
Lo que importa es esto: hueco. Mundo solo.
                                             [Desembocadura.
Alba no. Fábula inerte.
Solo esto: Desembocadura.
¡Oh esponja mía gris!
¡Oh cuello mío recién degollado!
¡Oh río grande mío!
¡Oh brisa mía de límites que no son míos!
¡Oh filo de mi amor, oh hiriente filo!

New York, 27 de diciembre de 1929.

e o marinheiro degolado
cantava o urso de água que o havia de estreitar;
e todos cantavam aleluia,
aleluia. Céu deserto.
É o mesmo, o mesmo!, aleluia.

Passei a noite toda nos andaimes dos
                            [arrabaldes
deixando o meu sangue pelo estuque dos projetos,
ajudando os marinheiros a recolher as velas
                            [desgarradas.
E estou com as mãos vazias no rumor da
                            [desembocadura.

Não importa que cada minuto
um menino novo agite seus raminhos de veias,
nem que o parto da víbora, desfeito sob as ramas,
acalme a sede de sangue dos que olham o nu.
O que importa é isto: vazio. Mundo só.
                            [Desembocadura.
Aurora não. Fábula inerte.
Só isto: Desembocadura.
Oh! esponja minha cinzenta!
Oh! pescoço meu recém-degolado!
Oh! rio grande meu!
Oh! brisa minha de limites que não são meus!
Oh! fio de meu amor, oh!, fio feridor!

Nova York, 27 de dezembro de 1929.

CIUDAD SIN SUEÑO
(NOCTURNO DEL BROOKLYN BRIDGE)

No duerme nadie por el cielo. Nadie, nadie.
No duerme nadie.
Las criaturas de la luna huelen y rondan sus cabañas.
Vendrán las iguanas vivas a morder a los hombres
[que no sueñan
y el que huye con el corazón roto encontrará por
[las esquinas
al increíble cocodrilo quieto bajo la tierna protesta
[de los astros.

No duerme nadie por el mundo. Nadie,
[nadie.
No duerme nadie.
Hay un muerto en el cementerio más lejano
que se queja tres años
porque tiene un paisaje seco en la rodilla;
y el niño que enterraron esta mañana lloraba tanto
que hubo necesidad de llamar a los perros para que
[calasse.

No es sueño la vida. ¡Alerta! ¡Alerta! ¡Alerta!
Nos caemos por las escaleras para comer la tierra
[húmeda

CIDADE SEM SONHO
(NOTURNO DE BROOKLYN BRIDGE)

Ninguém dorme pelo céu. Ninguém, ninguém.
Não dorme ninguém.
As criaturas da lua ressumam e rondam suas cabanas.
Virão as iguanas vivas morder os homens
                              [que não sonham
e o que foge com o coração partido encontrará pelas
                              [esquinas
o incrível crocodilo quieto sob o terno protesto
                              [dos astros.

    Não dorme ninguém pelo mundo. Ninguém,
                              [ninguém.
Não dorme ninguém.
Há um morto no cemitério mais distante
que se queixa há três anos
porque tem um paisagem seca no joelho;
e o menino que enterraram esta manhã chorava tanto
que houve necessidade de chamar os cachorros para
                              [que se calasse.

    Não é sonho a vida. Alerta! Alerta! Alerta!
Caímos das escadas para comer a terra
                              [úmida

o subimos al fino de la nieve con el coro de las
                                    [dalias muertas.
Pero no hay olvido, ni sueño:
carne viva. Los besos atan las bocas
en una maraña de venas recientes
y al que le duele su dolor le dolerá sin descanso
y al que teme la muerte la llevará sobre sus hombros.

  Un día
los caballos vivirán en las tabernas
y las hormigas furiosas
atacarán los cielos amarillos que se refugian en los
                                    [ojos de las vacas.

  Otro día
veremos la resurrección de las mariposas disecadas
y aun andando por un paisaje de esponjas grises
                                    [y barcos mudos
veremos brillar nuestro anillo y manar rosas de
                                    [nuestra lengua.
¡Alerta! ¡Alerta! ¡Alerta!
A los que guardan todavía huellas de zarpa y
                                    [aguacero,
a aquel muchacho que llora porque no sabe la
                                    [invención del puente
o a aquel muerto que ya no tiene más que la cabeza
                                    [y un zapato,
hay que llevarlos al muro donde iguanas y sierpes
                                    [esperan,
donde espera la dentadura del oso,
donde espera la mano momificada del niño
y la piel del camello se eriza con un violento
                                    [escalofrío azul.

ou subimos pelo fio da neve com o coro das
[dálias mortas.
Mas não há esquecimento, nem sonho:
carne viva. Os beijos atam as bocas
numa maranha de veias recentes
e a quem dói a sua dor, doer-lhe-á sem descanso
e a quem teme a morte há de carregá-la nos ombros.

  Um dia
os cavalos viverão nas tabernas
e as formigas furiosas
atacarão os céus amarelos que se refugiam nos olhos
[das vacas.

  Outro dia
veremos a ressurreição das mariposas dissecadas
e ainda que andando por uma paisagem de esponjas
[grises e barcos mudos
veremos brilhar nosso anel e manar rosas de nossa
[língua.
Alerta! Alerta! Alerta!
Aos que guardam ainda vestígio de garra e
[aguaceiro,
àquele rapaz que chora porque não sabe a
[invenção da ponte
ou àquele morto que já não tem mais do que a
[cabeça e um sapato,
é preciso levá-los ao muro onde iguanas e
[serpentes esperam,
onde espera a dentadura do urso,
onde espera a mão mumificada do menino
e a pele do camelo se eriça com um violento
[calafrio azul.

No duerme nadie por el cielo. Nadie, nadie.
No duerme nadie.
Pero si alguien cierra los ojos,
¡azotadlo, hijos míos, azotadlo!
Haya un panorama de ojos abiertos
y amargas llagas encendidas.
No duerme nadie por el mundo. Nadie, nadie.
Ya lo he dicho.
No duerme nadie.
Pero si alguien tiene por la noche exceso de musgo
 [en las sienes,
abrid los escotillones para que vea bajo la luna
las copas falsas, el veneno y la calavera de los teatros.

Não dorme ninguém pelo céu. Ninguém, ninguém.
Não dorme ninguém.
Mas se alguém fecha os olhos,
açoitai-o, filhos meus, açoitai-o!
Haja um panorama de olhos abertos
e amargas chagas acesas.
Não dorme ninguém pelo mundo. Ninguém, ninguém.
Já o disse.
Não dorme ninguém.
Mas se alguém tem à noite excesso de musgo nas
[fontes,
abri os escotilhões para que veja sob a lua
as copas falsas, o veneno e a caveira dos teatros.

PANORAMA CIEGO DE NUEVA YORK

Si no son los pájaros
cubiertos de ceniza,
si no son los gemidos que golpean las ventanas de
 [la boda,
serán las delicadas criaturas del aire
que manan la sangre nueva por la oscuridad
 [inextinguible.
Pero no, no son los pájaros,
porque los pájaros están a punto de ser bueyes;
pueden ser rocas blancas con la ayuda de la luna
y son siempre muchachos heridos
antes de que los jueces levanten la tela.

Todos comprenden el dolor que se relaciona con
 [la muerte,
pero el verdadero dolor no está presente en el
 [espíritu.
No está en el aire ni en nuestra vida,
ni en estas terrazas llenas de humo.
El verdadero dolor que mantiene despiertas las cosas
es una pequeña quemadura infinita
en los ojos inocentes de los otros sistemas.

PANORAMA CEGO DE NOVA YORK

SE não são os pássaros
cobertos de cinza,
se não são os gemidos que golpeiam as janelas
                          [da boda,
serão as delicadas criaturas do ar
que manam o sangue novo pela escuridão
                          [inextinguível.
Mas não, não são os pássaros,
porque os pássaros estão prestes a ser bois;
podem ser rochas brancas com a ajuda da lua
e são sempre rapazes feridos
antes que os juízes revelem a teia.

   Todos compreendem a dor que se relaciona com
                          [a morte,
mas a verdadeira dor não está presente no
                          [espírito.
Não está no ar nem em nossa vida,
nem nestes terraços cheios de fumaça.
A verdadeira dor que mantém despertas as coisas
é uma pequena queimadura infinita
nos olhos inocentes dos outros sistemas.

Un traje abandonado pesa tanto en los hombros
que muchas veces el cielo los agrupa en ásperas
[manadas.
Y las que mueren de parto saben en la última hora
que todo rumor será piedra y toda huella latido.
Nosotros ignoramos que el pensamiento tiene
[arrabales
donde el filósofo es devorado por los chinos y las
[orugas.
Y algunos niños idiotas han encontrado por las
[cocinas
pequeñas golondrinas con muletas
que sabían pronunciar la palabra amor.

No, no son los pájaros.
No es un pájaro el que expresa la turbia fiebre de
[laguna,
ni el ansia de asesinato que nos oprime cada
[momento,
ni el metálico rumor de suicidio que nos anima
[cada madrugada.
Es una cápsula de aire donde nos duele todo el
[mundo,
es un pequeño espacio vivo al loco unisón de la luz,
es una escala indefinible donde las nubes y rosas
[olvidan
el griterío chino que bulle por el desembarcadero
[de la sangre.
Yo muchas veces me he perdido
para buscar la quemadura que mantiene despiertas
[las cosas
y solo he encontrado marineros echados sobre las
[barandillas
y pequeñas criaturas del cielo enterradas bajo la nieve.

Um traje abandonado pesa tanto nos ombros
que muitas vezes o céu os agrupa em ásperas
[manadas.
E as que morrem de parto sabem na última hora
que todo rumor será pedra e toda pegada latido.
Nós ignoramos que o pensamento tem
[arrabaldes
onde o filósofo é devorado pelos chineses e
[larvas.
E alguns meninos idiotas encontraram pelas
[cozinhas
pequenas andorinhas com muletas
que sabiam pronunciar a palavra amor.

Não, não são os pássaros.
Não é um pássaro o que expressa a turva febre da
[laguna,
nem a ânsia de assassínio que nos oprime a cada
[momento,
nem o metálico rumor de suicídio que nos anima a
[cada madrugada.
É uma cápsula de ar onde nos dói o mundo
[todo,
é um pequeno espaço vivo ao louco uníssono da luz,
é uma escada indefinível onde as nuvens e rosas
[olvidam
à gritaria chinesa que ferve no desembarcadouro do
[sangue.
Eu muitas vezes me perdi
para buscar a queimadura que mantém despertas
[as coisas
e só encontrei marinheiros atirados sobre as
[varandilhas
e pequenas criaturas do céu enterradas sob a neve.

Pero el verdadero dolor estaba en otras plazas
donde los peces cristalizados agonizaban dentro de
[los troncos;
plazas del cielo extraño para las antiguas estatuas
[ilesas
y para la tierna intimidad de los volcanes.

No hay dolor en la voz. Solo existen los dientes,
pero dientes que callarán aislados por el raso negro.
No hay dolor en la voz. Aquí solo existe la Tierra.
La tierra con sus puertas de siempre
que llevan al rubor de los frutos.

Mas a verdadeira dor estava em outras praças
onde os peixes cristalizados agonizavam dentro dos
[troncos;
praças do céu estranho para as antigas estátuas
[ilesas
e para a terna intimidade dos vulcões.

Não há dor na voz. Só existem os dentes,
mas dentes que calarão isolados pelo raso negro.
Não há dor na voz. Aqui só existe a Terra.
A terra com suas portas de sempre
que levam ao rubor dos frutos.

NACIMIENTO DE CRISTO

Un pastor pide teta por la nieve que ondula
blancos perros tendidos entre linternas sordas.
El Cristo de barro se ha partido los dedos
en los filos eternos de la madera rota.

¡Ya vienen las hormigas y los pies ateridos!
Dos hilillos de sangre quiebran el cielo duro.
Los vientres del demonio resuenan por los valles
golpes y resonancias de carne de molusco.

Lobos y sapos cantan en las hogueras verdes
coronadas por vivos hormigueros del alba.
La luna tiene un sueño de grandes abanicos
y el toro sueña un toro de agujeros y de agua.

El niño llora y mira con un tres en la frente.
San José ve en el heno tres espinas de bronce.
Los pañales exhalan un rumor de desierto
con cítaras sin cuerdas y degolladas voces.

La nieve de Manhattan empuja los anuncios
y lleva gracia pura por las falsas ojivas.
Sacerdotes idiotas y querubes de pluma
van detrás de Lutero por las altas esquinas.

NASCIMENTO DE CRISTO

Um pastor pede teta pela neve que ondula
brancos cães estendidos entre lanternas surdas.
O Cristo de barro partiu os dedos
nos fios eternos da madeira rota.

Já vêm as formigas e os pés regelados!
Dois filetes de sangue quebram o céu duro.
Os ventos do demônio ressoam pelos vales
golpes e ressonâncias de carne de molusco.

Lobos e sapos cantam nas fogueiras verdes
coroadas por vivos formigueiros de aurora.
A lua tem um sonho de grandes leques
e o touro sonha um touro de buracos e de água.

O menino chora e olha com um três na frente.
São José vê no feno três espinhas de bronze.
Os cueiros exalam um rumor de deserto
com cítaras sem cordas e degoladas vozes.

A neve de Manhattan empurra os anúncios
e leva graça pura pelas falsas ogivas.
Sacerdotes idiotas e querubins de pena
vão atrás de Lutero pelas altas esquinas.

LA AURORA

La aurora de Nueva York tiene
cuatro columnas de cieno
y un huracán de negras palomas
que chapotean las aguas podridas.

La aurora de Nueva York gime
por las inmensas escaleras
buscando entre las aristas
nardos de angustia dibujada.

La aurora llega y nadie la recibe en su boca
porque allí no hay mañana ni esperanza posible.
A veces las monedas en enjambres furiosos
taladran y devoran abandonados niños.

Los primeros que salen comprenden con sus
                              [huesos
que no habrá paraíso ni amores deshojados;
saben que van al cieno de números y leyes,
a los juegos sin arte, a sudores sin fruto.

La luz es sepultada por cadenas y ruidos
en impúdico reto de ciencia sin raíces.
Por los barrios hay gentes que vacilan insomnes
como recién salidas de un naufragio de sangre.

A AURORA

A aurora de Nova York tem
quatro colunas de lodo
e um furacão de negras pombas
que chapinham as águas podres.

A aurora de Nova York geme
pelas imensas escadas,
buscando entre as arestas
nardos de angústia desenhada.

A aurora chega e ninguém a recebe na boca
porque ali não há manhã nem esperança possível.
Às vezes as moedas em enxames furiosos
tradeiam e devoram meninos abandonados.

Os primeiros que saem compreendem com seus
[ossos
que não haverá paraíso nem amores desfolhados;
sabem que vão ao lodaçal de números e leis,
aos brinquedos sem arte, a suores sem fruto.

A luz é sepultada por correntes e ruídos
em impudico reto de ciência sem raízes.
Pelos bairros há gentes que vacilam insones
como recém-saídas de um naufrágio de sangue.

IV

POEMAS DEL LAGO EDEM MILLS
A Eduardo Ugarte

IV

POEMAS DO LAGO EDEM MILLS

A Eduardo Ugarte

POEMA DOBLE DEL LAGO EDEN

Nuestro ganado pace, el viento espira.
GARCILASO

Era mi voz antigua
ignorante de los densos jugos amargos.
La adivino lamiendo mis pies
bajo los frágiles helechos mojados.

¡Ay voz antigua de mi amor,
ay voz de mi verdade,
ay voz de mi abierto costado,
cuando todas las rosas manaban de mi lengua
y el césped no conocía la impasible dentadura del
[caballo!

Estás aquí bebiendo mi sangre,
bebiendo mi humor de niño pesado,
mientras mis ojos se quiebran en el viento
con el aluminio y las voces de los borrachos.

Déjame pasar la puerta
donde Eva come hormigas
y Adán fecunda peces deslumbrados.
Déjame pasar hombrecillos de los cuernos

POEMA DUPLO DO LAGO EDEM
Nuestro ganado pace, el viento espira.
GARCILASO

ERA minha voz antiga
ignorante dos densos sucos amargos.
Adivinho-a lambendo meus pés
sob os frágeis fetos molhados.

Ai! voz antiga de meu amor,
ai, voz de minha verdade,
ai, voz de meu aberto costado
quando todas as rosas manavam de minha língua
e a relva não conhecia a impassível dentadura do
                                                        [cavalo.

Estás aqui bebendo o meu sangue,
bebendo o meu humor de menino pesado,
enquanto meus olhos se quebram no vento
com o alumínio e as vozes dos ébrios.

Deixa-me passar pela porta
onde Eva come formigas
e Adão fecunda peixes deslumbrados.
Deixa-me passar homenzinhos dos cornos

al bosque de los desperezos
y los alegrísimos saltos.

Yo sé el uso más secreto
que tiene un viejo alfiler oxidado
y sé del horror de unos ojos despiertos
sobre la superficie concreta del plato.

Pero no quiero mundo ni sueño, voz divina,
quiero mi libertad, mi amor humano
en el rincón más oscuro de la brisa que nadie quiera.
¡Mi amor humano!

Esos perros marinos se persiguen
y el viento acecha troncos descuidados.
¡Oh voz antigua, quema con tu lengua
esta voz de hojalata y de talco!

Quiero llorar porque me da la gana
como lloran los niños del último banco,
porque yo no soy un hombre, ni un poeta, ni una
 [hoja,
pero sí un pulso herido que sonda las cosas del otro
 [lado.

Quiero llorar diciendo mi nombre,
rosa, niño y abeto a la orilla de este lago,
para decir mi verdad de hombre de sangre
matando en mí la burla y la sugestión del vocablo.

No, no, yo no pregunto, yo deseo,
voz mía libertada que me lames las manos.
En el laberinto de biombos es mi desnudo el que
 [recibe
la luna de castigo y el reloj encenizado.

ao bosque dos espreguiçamentos
e dos alegríssimos saltos.

Eu sei o uso mais secreto
que tem um velho alfinete oxidado
e sei do horror de uns olhos despertos
sobre a superfície concreta do prato.

Mas não quero mundo nem sonho, voz divina,
quero a minha liberdade, o meu amor humano
no canto mais escuro da brisa que ninguém queira.
O meu amor humano!

Esses cães marinhos se perseguem
e o vento espreita troncos descuidados.
Oh! voz antiga, queima com tua língua
esta voz de lata e de talco!

Quero chorar porque me dá vontade
como choram os meninos do último banco,
porque eu não sou um homem, nem um poeta, nem
[uma folha,
mas sim um pulso ferido que sonda as coisas do
[outro lado.

Quero chorar dizendo meu nome,
rosa, menino e abeto à margem deste lago,
para dizer a minha verdade de homem de sangue
matando em mim a burla e a sugestão do vocábulo.

Não, não, eu não pergunto, eu desejo,
voz minha libertada que me lambes as mãos.
No labirinto de biombos é minha nudez que
[recebe
a lua de castigo e o relógio cinzento.

Así hablaba yo.
Así hablaba yo cuando Saturno detuvo los trenes
y la bruma y el Sueño y la Muerte me estaban
[buscando.
Me estaban buscando
allí donde mugen las vacas que tienen patitas de paje
y allí donde flota mi cuerpo entre los equilibrios
[contrarios.

Assim falava eu.
Assim falava eu quando Saturno deteve os trens
e a bruma e o Sonho e a Morte estavam me
[buscando.
Estavam me buscando
ali onde mugem as vacas que têm patinhas de pajem
e ali onde flutua meu corpo entre os equilíbrios
[contrários.

CIELO VIVO

Yo no podré quejarme
si no encontré lo que buscaba.
Cerca de las piedras sin jugo y los insectos vacíos
no veré el duelo del sol con las criaturas en carne
                                                [viva.

  Pero me iré al primer paisaje
de choques, líquidos y rumores
que trasmina a niño recién nacido
y donde toda superficie es evitada,
para entender que lo que busco tendrá su blanco
                                                [de alegría
cuando yo vuele mezclado con el amor y las arenas.

  Allí no llega la escarcha de los ojos apagados
ni el mugido del árbol asesinado por la oruga.
Allí todas las formas guardan entrelazadas
una sola expresión frenética de avance.

  No puedes avanzar por los enjambres de corolas
porque el aire disuelve tus dientes de azúcar,
ni puedes acariciar la fugaz hoja del helecho
sin sentir el asombro definitivo del marfil.

CÉU VIVO

Já não poderei queixar-me
se não encontrei o que buscava.
Perto das pedras sem suco e insetos vazios
não verei o duelo do sol com as criaturas em carne
[viva.

Porém ir-me-ei para a primeira paisagem
de choques, líquidos e rumores
que tresanda a menino recém-nascido
e onde toda a superfície é evitada,
para entender que o que busco terá seu branco
[de alegria
quando eu voar mesclado com o amor e as areias.

Ali não chega a geada dos olhos apagados
nem o mugido de árvore assassinada pela larva.
Ali todas as formas guardam entrelaçadas
uma só expressão frenética de avanço.

Não podes avançar pelos enxames de corolas
porque o ar dissolve teus dentes de açúcar,
nem podes acariciar a fugaz folha do feto
nem sentir o assombro definitivo do marfim.

Allí bajo las raíces y en la médula del aire,
se comprende la verdad de las cosas equivocadas,
el nadador de níquel que acecha la onda más fina
y el rebaño de vacas nocturnas con rojas patitas de
[mujer.

Yo no podré quejarme
si no encontré lo que buscaba;
pero me iré al primer paisaje de humedades y
[latidos
para entender que lo que busco tendrá su blanco
[de alegría
cuando yo vuele mezclado con el amor y las arenas.

Vuelo fresco de siempre sobre lechos vacíos,
sobre grupos de brisas y barcos encallados.
Tropiezo vacilante por la dura eternidad fija
y amor al fin sin alba. Amor. ¡Amor visible!

Edem Mills, Vermont, 24 de agosto de 1929

Ali sob as raízes e na medula do ar,
compreende-se a verdade das coisas equivocadas,
o nadador de níquel que espreita a onda mais fina
e o rebanho de vacas noturnas com vermelhas
[patinhas de mulher.

Eu não poderei queixar-me
se não encontrei o que buscava;
porém ir-me-ei para a primeira paisagem de
[umidades e latidos
para entender que o que busco terá seu branco de alegria
quando eu voar mesclado com o amor e as areias.

Vôo fresco de sempre sobre leitos vazios,
sobre grupos de brisas e barcos encalhados.
Tropeço vacilante na dura eternidade fixa
e amor por fim sem aurora. Amor. Amor visível!

Edem Mills, Vermont, 24 de agosto de 1929

V

EN LA CABAÑA DEL FARMER
(CAMPO DE NEWBURG)

A Concha Méndez
y Manuel Altolaguirre

V

NA CABANA DO FARMER
(CAMPO DE NEWBURG)

A Concha Méndez
y Manuel Altolaguirre

EL NIÑO STANTON

Do *you like me?*
— *Yes, and you?*
— *Yes, yes.*

  Cuando me quedo solo
me quedan todavía tus diez años,
los tres caballos ciegos,
tus quince rostros con el rostro de la pedrada
y las fiebres pequeñas heladas sobre las hojas del
                                            [maíz.
Stanton, hijo mío, Stanton.
A las doce de la noche el cáncer salía por los pasillos
y hablaba con los caracoles vacíos de los documentos,
el vivísimo cáncer lleno de nubes y termómetros
con su casto afán de manzana para que lo piquen
                                            [los ruiseñores.
En la casa donde no hay un cáncer
se quiebran las blancas paredes en el delirio de la
                                            [astronomía
y por los establos más pequeños y en las cruces de
                                            [los bosques
brilla por muchos años el fulgor de la quemadura.
Mi dolor sangraba por las tardes

O MENINO STANTON

Do *you like me?*
— *Yes, and you?*
— *Yes, yes.*

  Quando fico sozinho
ficam-me ainda teus dez anos,
os três cavalos cegos,
teus quinze rostos com o rosto da pedrada
e as febres pequenas geladas sobre as folhas do
                                    [milho.
Stanton, meu filho, Stanton.
Às doze da noite o câncer saía pelos corredores
e falava com os caracóis vazios dos documentos,
o vivíssimo câncer cheio de nuvens e termômetros
com seu casto afã de maçã para que o piquem
                                    [os rouxinóis.
Na casa onde não há um câncer
quebram-se as brancas paredes no delírio da
                                    [astronomia
e pelos estábulos mais pequenos e nas cruzes dos
                                    [bosques
brilha por muitos anos o fulgor da queimadura.
Minha dor sangrava pelas tardes

cuando tus ojos eran dos muros,
cuando tus manos eran dos países
y mi cuerpo rumor de hierba.
Mi agonía buscaba su traje,
polvorienta, mordida por los perros,
y tú la acompañaste sin temblar
hasta la puerta del agua oscura.
¡Oh mi Stanton, idiota y bello entre los pequeños
                                    [animalitos,
con tu madre fracturada por los herreros de las
                                    [aldeas,
con un hermano bajo los arcos,
otro comido por los hormigueros,
y el cáncer sin alambradas latiendo por las
                                    [habitaciones!
Hay nodrizas que dan a los niños
ríos de musgo y amargura de pie
y algunas negras suben a los pisos para repartir
                                    [filtro de rata.
Porque es verdad que la gente
quiere echar las palomas a las alcantarillas
y yo sé lo que esperan los que por la calle
nos oprimen de pronto las yemas de los dedos.

   Tu ignorancia es un monte de leones, Stanton.
El día que el cáncer te dio una paliza
y te escupió en el dormitorio donde murieron los
                    [huéspedes en la epidemia
y abrió su quebrada rosa de vidrios secos y manos
                                    [blandas
para salpicar de lodo las pupilas de los que navegan,
tú buscaste en la hierba mi agonía,
mi agonía con flores de terror,

quando teus olhos eram dois muros,
quando tuas mãos eram dois países
e meu corpo rumor de erva.
Minha agonia buscava seu traje,
pulverulenta mordida pelos cães,
e tu a acompanhaste sem tremer
até a porta da água escura.
Oh, meu Stanton, idiota e belo entre os pequenos
                              [animaizinhos,
com tua mãe fraturada pelos ferreiros das
                              [aldeias,
com um irmão sob os arcos,
outro comido pelos formigueiros,
e o câncer sem alambrados latindo pelos
                              [quartos!
Há amas de leite que dão aos bebês
rios de musgo e amargura de pé
e algumas negras sobem aos andares para repartir
                              [filtro de rata.
Porque é verdade que o povo
quer atirar as pombas aos esgotos
e eu sei o que esperam os que pela rua
nos oprimem de repente as pontas dos dedos.

Tua ignorância é um monte de leões, Stanton.
No dia que o câncer te deu uma sova
e te cuspiu no dormitório onde morreram os
                     [hóspedes na epidemia
e abriu sua quebrada rosa de vidros secos e mãos
                              [brandas
para salpicar de lodo as pupilas dos que navegam,
tu buscaste na erva minha agonia,
minha agonia com flores de terror,

mientras que el agrio cáncer mudo que quiere
                          [acostarse contigo
pulverizaba rojos paisajes por las sábanas de
                          [amargura,
y ponía sobre los ataúdes
helados arbolitos de ácido bórico.
Stanton, vete al bosque con tus arpas judías,
vete para aprender celestiales palabras
que duermen en los troncos, en nubes, en tortugas,
en los perros dormidos, en el plomo, en el viento,
en lirios que no duermen, en aguas que no copian,
para que aprendas hijo, lo que tu pueblo olvida.

  Cuando empiece el tumulto de la guerra
dejaré un pedazo de queso para tu perro en la
                          [oficina.
Tus diez años serán las hojas
que vuelan en los trajes de los muertos,
diez rosas de azufre débil
en el hombro de mi madrugada.
Y yo, Stanton, yo solo, en olvido,
con tus caras marchitas sobre mi boca,
iré penetrando a voces las verdes estatuas de la
                          [Malaria.

enquanto o ácido câncer mudo que quer
                    [deitar-se contigo
pulverizava rubras paisagens pelos lençóis de
                              [amargura,
e punha sobre os ataúdes
geladas arvorezinhas de ácido bórico.
Stanton, vai ao bosque com tuas harpas judias,
vai para aprender celestiais palavras
que dormem nos troncos, em nuvens, em tartarugas,
no cachorros adormecidos, no chumbo, no vento,
em lírios que não dormem, em águas que não copiam,
para que aprendas, filho, o que teu povo olvida.

Quando começar o tumulto da guerra
deixarei um pedaço de queijo para teu cachorro no
                         [escritório.
Teus dez anos serão as folhas
que voam nos trajes dos mortos,
dez rosas de enxofre débil
no ombro de minha madrugada.
E eu, Stanton, eu só, esquecido,
com tuas caras murchas sobre a minha boca,
irei penetrando aos berros as verdes estátuas da
                              [Malária.

VACA

A LUIS LACASA

Se tendió la vaca herida;
árboles y arroyos trepaban por sus cuernos.
Su hocico sangraba en el cielo.

   Su hocico de abejas
bajo el bigote lento de la baba.
Un alarido blanco puso en pie la mañana.

   Las vacas muertas y las vivas,
rubor de luz o miel de establo,
balaban con los ojos entornados.

   Que se enteren las raíces
y aquel niño que afila su navaja
de que ya se pueden comer la vaca.

   Arriba palidecen
luces y yugulares.
Cuatro pezuñas tiemblan en el aire.

   Que se entere la luna
y esa noche de rocas amarillas:
que ya se fue la vaca de ceniza.

VACA

A LUIS LACASA

ESTENDEU-SE a vaca ferida;
árvores e arroios trepavam por seus chifres.
Seu focinho sangrava no céu.

  Seu focinho de abelhas
sob o bigode lento da baba.
Um alarido branco pôs de pé a manhã.

  As vacas mortas e as vivas,
rubor de luz ou mel de estábulo,
baliam com os olhos semicerrados.

  Que saibam as raízes
e aquele menino que afia sua navalha
que já podem comer a vaca.

  Em cima empalidecem
luzes e jugulares.
Quatro patas tremem no ar.

  Que saiba a lua
e essa noite de rochas amarelas:
que já se foi a vaca de cinza.

Que ya se fue balando
por el derribo de los cielos yertos
donde meriendan muerte los borrachos.

Que já se foi balindo
pelo entulho dos céus hirtos
onde merendam morte os bêbados.

NIÑA AHOGADA EN EL POZO
(GRANADA Y NEWBURG)

Las estatuas sufren por los ojos con la oscuridad
 [de los ataúdes,
pero sufren mucho más por el agua que no
 [desemboca.
Que no desemboca.

 El pueblo corría por las almenas rompiendo las
 [cañas de los pescadores.
¡Pronto! ¡Los bordes! ¡De prisa! Y croaban las
 [estrellas tiernas.
...que no desemboca.

 Tranquila en mi recuerdo, astro, círculo, meta,
lloras por las orillas de un ojo de caballo.
...que no desemboca.

 Pero nadie en lo oscuro podrá darte distancias,
sin afilado límite, porvenir de diamante.
...que no desemboca.

 Mientras la gente busca silencios de almohada
tú lates para siempre definida en tu anillo.
...que no desemboca.

MENINA AFOGADA NO POÇO
(GRANADA E NEWBURG)

As estátuas sofrem pelos olhos com a escuridão
                                     [dos ataúdes,
mas sofrem muito mais pela água que não
                                     [desemboca.
Que não desemboca.

  O povo corria pelas ameias quebrando as varas
                                     [dos pescadores.
Depressa! As margens! Depressa! E coıxavam as
                                     [estrelas ternas.
...que não desemboca.

  Tranqüila em minha recordação, astro, círculo, meta,
choras pelas margens de um olho de cavalo.
...que não desemboca.

  Mas ninguém no escuro poderá dar-te distâncias,
sem afilado limite, porvir de diamante.
...que não desemboca.

  Enquanto o povo busca silêncios de almofada
tu palpitas para sempre definida em teu anel.
...que não desemboca.

Eterna en los finales de unas ondas que aceptan
combate de raíces y soledad prevista.
...que no desemboca.

¡Ya vienen por las rampas! ¡Levántate del agua!
¡Cada punto de luz te dará una cadena!
...que no desemboca.

Pero el pozo te alarga manecitas de musgo,
insospechada ondina de su casta ignorancia.
...que no desemboca.

No, que no desemboca. Agua fija en un punto,
respirando con todos sus violines sin cuerdas
en la escala de las heridas y los edificios deshabitados.

¡Agua que no desemboca!

Eterna nos finais de umas ondas que aceitam
combate de raízes e solidão prevista.
...que não desemboca.

Já vêm pelas rampas! Levanta-te da água!
Cada ponto de luz te dará uma corrente!
...que não desemboca.

Mas o poço te alonga mãozinhas de musgo,
insuspeitada ondina de sua casta ignorância.
...que não desemboca.

Não, que não desemboca. Água fixa em um ponto,
respirando com todos seus violinos sem cordas
na escala das feridas e dos edifícios desabitados.

Água que não desemboca!

VI
INTRODUCCION A LA MUERTE
POEMAS DE LA SOLEDAD EN VERMONT

Para RAFAEL SÁNCHEZ VENTURA

VI

INTRODUÇÃO À MORTE
POEMAS DA SOLIDÃO EM VERMONT

Para Rafael Sánchez Ventura

MUERTE

A Luis De La Serna

¡Qué esfuerzo!
¡Qué esfuerzo del caballo por ser perro!
¡Qué esfuerzo del perro por ser golondrina!
¡Qué esfuerzo de la golondrina por ser abeja!
¡Qué esfuerzo de la abeja por ser caballo!
Y el caballo,
¡qué flecha aguda exprime de la rosa!,
¡qué rosa gris levanta de su belfo!
Y la rosa,
¡qué rebaño de luces y alaridos
ata en el vivo azúcar de su tronco!
Y el azúcar,
¡qué puñalitos sueña en su vigilia!;
y los puñales diminutos
¡qué luna sin establos, qué desnudos,
piel eterna y rubor, andan buscando!
Y yo, por los aleros,
¡qué serafín de llamas busco y soy!
Pero el arco de yeso,
¡qué grande, qué invisible, qué diminuto!,
sin esfuerzo.

MORTE

A Luis De La serna

Que esforço!
Que esforço do cavalo para ser cão!
Que esforço do cão para ser andorinha!
Que esforço da andorinha para ser abelha!
Que esforço da abelha para ser cavalo!
E o cavalo,
que flecha aguda exprime da rosa!,
que rosa gris levanta de seu beiço!
E a rosa,
que rebanho de luzes e alaridos
ata no vivo açúcar de seu tronco!
E o açúcar,
com que punhaizinhos sonha em sua vigília!;
e os punhais diminutos,
que lua sem estábulos, que nudezas,
pele eterna e rubor, andam buscando!
E eu, pelos beirais,
que serafim de chamas busco e sou!
Mas o arco de gesso,
quão grande, quão invisível, quão diminuto!,
sem esforço.

NOCTURNO DEL HUECO

I

Para ver que todo se ha ido,
para ver los huecos y los vestidos,
¡dame tu guante de luna,
tu otro guante perdido en la hierba,
amor mío!

Puede el aire arrancar los caracoles
muertos sobre el pulmón del elefante
y soplar los gusanos ateridos
de las yemas de luz o las manzanas.

Los rostros bogan impasibles
bajo el diminuto griterío de las yerbas
y en el rincón está el pechito de la rana
turbio de corazón y mandolina.

En la gran plaza desierta
mugía la bovina cabeza recién cortada
y eran duro cristal definitivo
las formas que buscaban el giro de la sierpe.

NOTURNO DO OCO

I

PARA *ver que tudo se foi,*
para ver os ocos e os vestidos,
dá-me tua luva de lua,
tua outra luva perdida na erva,
amor meu!

Pode o ar arrancar os caracóis
mortos sobre o pulmão do elefante
e soprar os vermes regelados
das gemas de luz ou das maçãs.

Os rostos vogam impassíveis
sob a diminuta gritaria das ervas
e no canto está o peitinho da rã
turvo de coração e bandolim.

Na grande praça deserta
mugia a bovina cabeça recém-cortada
e eram duro cristal definitivo
as formas que buscavam o giro da serpente.

*Para ver que todo se ha ido
dame tu mundo hueco, ¡amor mío!
Nostalgia de academia y cielo triste.
¡Para ver que todo se ha ido!*

Dentro de ti, amor mío, por tu carne,
¡qué silencio de trenes bocaarriba!
¡cuánto brazo de momia florecido!
¡qué cielo sin salida, amor, qué cielo!

Es la piedra en el agua y es la voz en la brisa
bordes de amor que escapan de su tronco
                            [sangrante.
Basta tocar el pulso de nuestro amor presente
para que broten flores sobre los otros niños.

*Para ver que todo se ha ido.
Para ver los huecos de nubes y ríos.
Dame tus manos de laurel, amor.
¡Para ver que todo se ha ido!*

Ruedan los huecos puros, por mí, por ti, en el
                            [alba
conservando las huellas de las ramas de sangre
y algún perfil de yeso tranquilo que dibuja
instantáneo dolor de luna apuntillada.

Mira formas concretas que buscan su vacío.
Perros equivocados y manzanas mordidas.
Mira el ansia, la angustia de un triste mundo fósil
que no encuentra el acento de su primer sollozo.

Cuando busco en la cama los rumores del hilo
has venido, amor mío, a cubrir mi tejado.

*Para ver que tudo se foi
dá-me teu mundo oco, amor meu!
Nostalgia de academia e céu triste.
Para ver que tudo se foi!*

Dentro de ti, amor meu, por tua carne,
que silêncio de trens de boca para cima!
quanto braço de múmia florescido!
que céu sem saída, amor, que céu!

É a pedra na água e é a voz na brisa
margens de amor que escapam de seu tronco
                            [sangrante.
Basta tocar o pulso de nosso amor presente
para que brotem flores sobre os outros meninos.

*Para ver que tudo se foi,
Para ver os ocos de nuvens e rios.
Dá-me tuas mãos de laurel, amor.
Para ver que tudo se foi!*

Rodam os ocos puros, por mim, por ti, na
                                   [aurora
conservando as pegadas dos ramos de sangue
e algum perfil de gesso tranqüilo que desenha
dor instantânea de lua pontiaguda.

Fita formas concretas que buscam seu vazio.
Cachorros equivocados e maçãs mordidas.
Fita a ânsia, a angústia de um triste mundo fóssil
que não encontra o acento de seu primeiro soluço.

Quando busco na cama os rumores do fio
vieste, amor meu, cobrir meu telhado.

El hueco de una hormiga puede llenar el aire
pero tú vas gimiendo sin norte por mis ojos.

No, por mi ojos no, que ahora me enseñas
cuatro ríos ceñidos en tu brazo,
en la dura barraca donde la luna prisionera
devora a un marinero delante de los niños.

*Para ver que todo se ha ido
¡amor inexpugnable, amor huido!
No, no me des tu hueco,
¡que ya va por el aire el mío!
¡Ay de ti, ay de mí, de la brisa!
Para ver que todo se ha ido.*

II

Yo.
Con el hueco blanquísimo de un caballo,
crines de ceniza. Plaza pura y doblada.

Yo.
Mi hueco traspasado con las axilas rotas.
Piel seca de uva neutra y amianto de madrugada.

*Toda la luz del mundo cabe dentro de un ojo.
Canta el gallo y su canto dura más que sus alas.*

Yo.
Con el hueco blanquísimo de un caballo.
Rodeado de espectadores que tienen hormigas en
 [las palabras.

O oco de uma formiga pode encher o ar
mas tu vais gemendo sem norte por meus olhos.

Não, por meu olhos não, que agora me mostras
quatro rios cingidos em teu braço,
na dura barraca onde a lua prisioneira
devora um marinheiro diante dos meninos.

*Para ver que tudo se foi
amor inexpugnável, amor fugido!
Não, não me dês teu oco,
que já vai pelo ar o meu!
Ai de ti, ai de mim, da brisa!
Para ver que tudo se foi.*

II

Eu.
Com o oco branquíssimo de um cavalo,
crinas de cinza. Praça pura e dobrada.

Eu.
Meu oco traspassado com as axilas rotas.
Pele seca de uva neutra e amianto de madrugada.

*Toda a luz do mundo cabe dentro de um olho.
Canta o galo e seu canto dura mais que suas asas.*

Eu.
Com o oco branquíssimo de um cavalo.
Rodeado de espectadores que têm formigas nas
[palavras.

En el circo de frío sin perfil mutilado.
Por los capiteles rotos de las mejillas desangradas.

Yo.
Mi hueco sin ti, ciudad, sin tus muertos que comen.
Ecuestre por mi vida definitivamente anclada.

Yo.
No hay siglo nuevo ni luz reciente.
Solo un caballo azul y una madrugada.

No circo do frio sem perfil mutilado.
Pelos capitéis quebrados das faces dessangradas.

Eu.
Meu oco sem ti, cidade, sem teus mortos que comem.
Eqüestre por minha vida definitivamente ancorada.

Eu.
Não há século novo nem luz recente.
Só um cavalo azul e uma madrugada.

PAISAJE CON DOS TUMBAS
Y UN PERRO ASIRIO

Amigo,
levántate para que oigas aullar
al perro asirio.
Las tres ninfas del cáncer han estado bailando,
hijo mío.

Trajeron unas montañas de lacre rojo
y unas sábanas duras donde estaba el cáncer dormido.
El caballo tenía un ojo en el cuello
y la luna estaba en un cielo tan frío
que tuvo que desgarrarse su monte de Venus
y ahogar en sangre y ceniza los cementerios antiguos.

   Amigo,
despierta, que los montes todavía no respiran
y las hierbas de mi corazón están en otro sitio.
No importa que estés lleno de agua de mar.
Yo amé mucho tiempo a un niño
que tenía una plumilla en la lengua
y vivimos cien años dentro de un cuchillo.
Despierta. Calla. Escucha. Incorpórate un poco.
El aullido

PAISAGEM COM DUAS TUMBAS
E UM CÃO ASSÍRIO

Amigo,
levanta-te para que ouças uivar
o cão assírio.
As três ninfas do câncer estiveram bailando,
filho meu.

Trouxeram umas montanhas de lava vermelha
e uns lençóis duros onde estava o câncer adormecido.
O cavalo tinha um olho no pescoço
e a lua estava num céu tão frio
que teve de apartar-se de seu monte de Vênus
e afogar em sangue e cinza os cemitérios antigos.

 Amigo,
desperta, que os montes ainda não rerpiram
e as ervas de meu coração estão em outro lugar.
Não importa que estejas estão cheio de água do mar.
Eu amei durante muito tempo um menino
que tinha uma peninha na língua
e vivemos cem anos dentro de uma faca.
Deperta. Cala. Estuca. Levanta o corpo um pouco.
O uivo

es una larga lengua morada que deja
hormigas de espanto y licor de lirios.
Ya viene hacia la roca. ¡No alargues tus raíces!
Se acerca. Gime. No solloces en sueños, amigo.

¡Amigo!
Levántate para que oigas aullar
al perro asirio.

é uma longa língua arroxeada que deixa
formigas de espanto e licor de lírios.
Já vem em direção da rocha. Não alongues tuas raízes!
Aproxima-se. Geme. Não soluces em sonhos, amigo.

Amigo!
Levanta-te para que ouças uivar
o cão assírio.

RUINA
A Regino Sainz de la Maza

Sin encontrarse
Viajero por su propio torso blanco.
Así iba el aire.

Pronto se vio que la luna
era una calavera de caballo
y el aire una manzana oscura.

Detrás de la ventana,
con látigos y luces, se sentía
la lucha de la arena con el agua.

Yo vi llegar las hierbas
y les eché un cordero que balaba
bajo sus dientecillos y lancetas.

Volaba dentro de una gota
la cáscara de pluma y celuloide
de la primer paloma.

La nubes, en manada,
se quedaron dormidas contemplando
el duelo de las rocas con el alba.

RUÍNA
A REGINO SAINZ DE LA MAZA

SEM encontrar-se.
Viajante pelo seu próprio torso branco.
Assim ia o ar.

Logo se viu que a lua
era uma caveira de cavalo
e o ar uma maçã escura.

Detrás da janela,
com látegos e luzes, se sentia
a luta da areia com a água.

Eu vi chegarem as ervas
e lhes atirei um cordeiro que balia
sob seus dentezinhos e lancetas.

Voava dentro de uma gota
a casca de pena e celulóide
da primeira pomba.

As nuvens, em manada,
ficaram adormecidas contemplando
o duelo das rochas com a aurora.

Vienen las hierbas, hijo;
ya suenan sus espadas de saliva
por el cielo vacío.

Mi mano, amor. ¡Las hierbas!
Por los cristales rotos de la casa
la sangre desató sus cabelleras.

Tú solo y yo quedamos;
prepara tu esqueleto para el aire.
Yo solo y tú quedamos.

Prepara tu esqueleto;
hay que buscar de prisa, amor, de prisa,
nuestro perfil sin sueño.

Vêm as ervas, filho;
já soam suas espadas de saliva
pelo céu vazio.

Minha mão, amor. As ervas!
Pelos cristais quebrados de casa
o sangue desatou suas cabeleiras.

Tu só e eu ficamos;
prepara teu esqueleto para o ar.
Eu só e tu ficamos.

Prepara teu esqueleto;
é necessário buscar depressa, amor, depressa,
nosso perfil sem sonho.

LUNA Y PANORAMA DE LOS INSECTOS
(POEMA DE AMOR)

*La luna en el mar riela,
en la lona gime el viento
y alza en blando movimiento
olas de plata y azul.*

Espronceda

Mi corazón tendría la forma de un zapato
si cada aldea tuviera una sirena.
Pero la noche es interminable cuando se apoya en
 [los enfermos
y hay barcos que buscan ser mirados para poder
 [hundirse tranquilos.

  Si el aire sopla blandamente
mi corazón tiene la forma de una niña.
Si el aire se niega a salir de los cañaverales
mi corazón tiene la forma de una milenaria boñiga
 [de toro.

  Bogar, bogar, bogar, bogar,
hacia el batallón de puntas desiguales,
hacia un paisaje de acechos pulverizados.
Noche igual de la nieve, de los sistemas suspendidos.
Y la luna.

LUA E PANORAMA DOS INSETOS

(POEMA DE AMOR)

> *La luna en el mar riela,*
> *en la tona gime el viento*
> *y alza en blando movimiento*
> *olas de plata y azul.*
>
> ESPRONCEDA

MEU coração teria a forma de um sapato
se cada aldeia tivesse uma sereia.
Mas a noite é interminável quando se apóia nos
                                [enfermos
e há barcos que buscam ser olhados para poder
                               [afundar-se tranqüilos.

  Se o ar sopra brandamente
meu coração tem a forma de uma menina.
Se o ar se nega a sair dos canaviais
meu coração tem a forma de uma milenária bosta
                               [de touro.

  Vogar, vogar, vogar, vogar,
para o batalhão de pontas desiguais,
para uma paisagem de espreitas pulverizadas.
Noite igual à neve, dos sistemas suspensos.
E a lua.

¡La luna!
Pero no la luna
La raposa de las tabernas
el gallo japonés que se comió los ojos,
las hierbas masticadas.

No nos salvan las solitarias en los vidrios,
ni los herbolarios donde el metafísico
encuentra las otras vertientes del cielo.
Son mentiras las formas. Solo existe
el círculo de bocas del oxígeno.
Y la luna.
Pero no la luna.
Los insectos,
los muertos diminutos por las riberas,
dolor en longitud,
yodo en un punto,
las muchedumbres en el alfiler,
el desnudo que amasa la sangre de todos,
y mi amor que no es un caballo ni una
                             [quemadura,
criatura de pecho devorado.
¡Mi amor!

Ya cantan, gritan, gimen: Rostro. ¡Tu rostro! Rostro.
Las manzanas son unas,
las dalias son idénticas,
la luz tiene un sabor de metal acabado
y el campo de todo un lustro cabrá en la mejilla de
                                        [la moneda.
Pero tu rostro cubre los cielos del banquete
¡Ya cantan!, ¡gritan!, ¡gimen!,
¡cubren!, ¡trepan!, ¡espantan!

A lua!
Mas não a lua.
A raposa das tabernas,
o galo japonês que comeu os próprios olhos,
as ervas mastigadas.

Não nos salvam as solitárias nos vidros,
nem os ervanários onde o metafísico
encontra as outras vertentes do céu.
São mentiras as formas. Só existe
o círculo de bocas de oxigênio.
E a lua.
Mas não a lua
Os insetos,
os mortos diminutos pelas ribeiras,
dor em longitude,
iodo em um ponto,
as multidões no alfinete,
a nudez que amassa o sangue de todos,
e meu amor que não é um cavalo nem uma
                              [queimadura,
criatura de peito decorado.
Meu amor!

Já cantam, gritam, gemem: Rosto. Teu rosto! Rosto.
As maçãs são umas,
as dálias são idênticas,
a luz tem um sabor de metal acabado
e o campo de todo um lustro caberá na face da
                                      [*moeda.*
Mas teu rosto cobre os céus do banquete.
Já cantam!, gritam!, gemem!,
cobrem!, trepam! espantam!

Es necesario caminar, ¡de prisa!, por las ondas,
[por las ramas,
por las calles deshabitadas de la edad media que
[bajan al río,
por las tiendas de las pieles donde suena un cuerno
[de vaca herida,
por las escalas, ¡sin miedo!, por las escalas.
Hay un hombre descolorido que se está bañando
[en el mar;
es tan tierno que los reflectores le comieron
[jugando el corazón.
Y en el Perú viven mil mujeres, ¡oh insectos!, que
[noche y día
hacen nocturnos y desfiles entrecruzando sus
[propias venas.

Un diminuto guante corrosivo me detiene. ¡Basta!
En mi pañuelo he sentido el tris
de la primera vena que se rompe.
Cuida tus pies, amor mío, ¡tus manos!,
ya que yo tengo que entregar mi rostro,
mi rostro, ¡mi rostro!, ¡ay, mi comido rostro!

Este fuego casto para mi deseo,
esta confusión por anhelo de equilibrio,
este inocente dolor de pólvora en mis ojos,
aliviará la angustia de otro corazón
devorado por las nebulosas.

No nos salva la gente de las zapaterías,
ni los paisajes que se hacen música al encontrar
[las llaves oxidadas.
Son mentira los aires. Solo existe
una cunita en el desván

É necessário caminhar, depressa!, pelas ondas,
[pelos ramos,
pelas ruas desabitadas da idade média que baixam
[ao rio,
pela tendas das peles onde soa um chifre
[de vaca ferida,
pelas escalas, sem medo!, pelas escalas.
Há um homem descolorido que se está banhando
[no mar;
é tão terno que os refletores lhe comeram
[brincando o coração.
E no Peru vivem mil mulheres, oh, insetos!, que
[noite e dia
fazem noturnos e desfiles entrecruzando suas
[próprias veias.

Uma diminuta luva corrosiva me detém. Basta!
Em meu lenço senti o impulso
da primeira veia que se rompe.
Cuida de teus pés, amor meu, de tuas mãos!
já que eu tenho de entregar meu rosto,
meu rosto, meu rosto!, ai, meu comido rosto!

Este fogo casto para meu desejo,
esta confusão por anelo de equilíbrio,
esta inocente dor de pólvora em meus olhos,
aliviará a angústia de outro coração
devorado pelas nebulosas.

Não nos salva a gente das sapatarias,
nem as paisagens que se transformam em música ao
[encontrar as chaves oxidadas.
São mentira os ares. Só existe
um bercinho no desvão

que recuerda todas las cosas.
Y la luna.
Pero no la luna.
Los insectos,
los insectos solos,
crepitantes, mordientes, estremecidos, agrupados,
y la luna
con un guante de humo sentada en la puerta de
[sus derribos.
¡¡La luna!!

New York, 4 de enero de 1930

que recorda todas as coisas.
E a lua.
Mas não a lua.
Os insetos,
somente os insetos,
crepitantes, mordentes, estremecidos, agrupados,
e a lua
com uma luva de fumaça sentada na porta dos
[seus entulhos.
A lua!!

Nova York, 4 de janeiro de 1930

VII
VUELTA A LA CIUDAD

Para Antonio Hernández Soriano

VII

VOLTA À CIDADE
Para Antonio Hernández Soriano

NEW YORK
OFICINA Y DENUNCIA

A Fernando Vela

Debajo de las multiplicaciones
hay una gota de sangre de pato;
debajo de las divisiones
hay una gota de sangre de marinero;
debajo de las sumas, un río de sangre tierna.
Un río que viene cantando
por los dormitorios de los arrabales,
y es plata, cemento o brisa
en el alba mentida de New York.
Existen las montañas. Lo sé.
Y los anteojos para la sabiduría.
Lo sé. Pero yo no he venido a ver el cielo.
Yo he venido para ver la turbia sangre.
La sangre que lleva las máquinas a las cataratas
y el espíritu a la lengua de la cobra.
Todos los días se matan en New York
cuatro millones de patos,
cinco millones de cerdos,
dos mil palomas para el gusto de los agonizantes,
un millón de vacas,
un millón de corderos

NOVA YORK
OFICINA E DENÚCIA

A FERNANDO VELA

DEBAIXO das multiplicações
há uma gota de sangue de pato;
debaixo das divisões
há uma gota de sangue de marinheiro;
debaixo das somas, um rio de sangue terno.
Um rio que vem cantando
pelos dormitórios dos arrabaldes,
e é prata, cimento ou brisa
na aurora mentida de Nova York.
Existem as montanhas. Eu o sei.
E o antolhos para a sabedoria.
Eu o sei. Mas eu não vim para ver o céu.
Eu vim para ver o turvo sangue.
O sangue que leva as máquinas às cataratas
e o espírito à língua de cobra.
Todos os dias se matam em Nova York
quatro milhões de patos,
cinco milhões de porcos,
duas mil pombas para os agonizantes,
um milhão de vacas,
um milhão de cordeiros

y dos millones de gallos,
que dejan los cielos hechos añicos.
Más vale sollozar afilando la navaja
o asesinar a los perros
en las alucinantes cacerías,
que resistir en la madrugada
los interminables trenes de leche,
los interminables trenes de sangre
y los trenes de rosas maniatadas
por los comerciantes de perfumes.
Los patos y las palomas,
y los cerdos y los corderos
ponen sus gotas de sangre
debajo de las multiplicaciones,
y los terribles alaridos de las vacas estrujadas
llenan de dolor el valle
donde el Hudson se emborracha con aceite.
Yo denuncio a toda la gente
que ignora la otra mitad,
la mitad irredimible
que levanta sus montes de cemento
donde laten los corazones
de los animalitos que se olvidan
y donde caeremos todos
en la última fiesta de los taladros.
Os escupo en la cara.
La otra mitad me escucha
devorando, orinando, volando em su pureza,
como los niños de las porterías
que llevan frágiles palitos
a los huecos donde se oxidan
las antenas de los insectos.
No es el infierno, es la calle.
No es la muerte, es la tienda de frutas.

e dois milhões de galos,
que deixam os céus em pedaços.
Mais vale soluçar afiando a navalha
ou assassinar os cães
nas alucinantes caçadas,
que resistir na madrugada
aos intermináveis trens de leite,
aos intermináveis trens de sangue
e aos trens de rosas manietadas
pelos comerciantes de perfumes.
Os patos e as pombas
e os porcos e os cordeiros
põem suas gotas de sangue
debaixo das multiplicações,
e os terríveis alaridos das vacas espremidas
enchem de dor o vale
onde o Hudson se embriaga com azeite.
Eu denuncio a toda a gente
que ignora a outra metade,
a metade irredimível
que levanta seus montes de cimento
onde palpitam os corações
dos animaizinhos que se olvidam
e onde cairemos todos
na última festa dos trados.
Cuspo-vos na cara.
A outra metade me escuta
devorando, urinando, voando em sua pureza,
como os meninos das portarias
que levam frágeis palitos
aos ocos onde se oxidam
as antenas dos insetos.
Não é o inferno, é a rua.
Não é a morte, é a frutaria.

Hay un mundo de ríos quebrados
y distancias inasibles
en la patita de ese gato
quebrada por el automóvil,
y yo oigo el canto de la lombriz
en el corazón de muchas niñas.
Oxido, fermento, tierra estremecida.
Tierra tú mismo que nadas
por los números de la oficina.
¿Qué voy a hacer? ¿Ordenar los paisajes?
¿Ordenar los amores que luego son fotografías,
que luego son pedazos de madera
y bocanadas de sangre?
San Ignacio de Loyola
asesinó un pequeño conejo
y todavía sus labios gimen
por las torres de las iglesias.
No, no, no, no; yo denuncio.
Yo denuncio la conjura
de estas desiertas oficinas
que no radian las agonías,
que borran los programas de la selva,
y me ofrezco a ser comido
por las vacas estrujadas
cuando sus gritos llenan el valle
donde el Hudson se emborracha con aceite.

Há um mundo de rios quebrados
e distâncias inatingíveis
na patinha desse gato
quebrada pelo automóvel,
e eu ouço o canto da lombriga
no coração de muitas meninas.
Óxido, fermento, terra estremecida.
Terra tu mesma que nadas
pelos números do escritório.
Que vou fazer? Ordenar as paisagens?
Ordenar as árvores que logo são fotografias,
que logo são pedaços de madeira
e goles de sangue?
Santo Inácio de Loiola
assassinou um pequeno coelho
e ainda seus lábios gemem
pelas torres das igrejas.
Não, não, não, não; eu denuncio.
Eu denuncio a conjura
destes desertos escritórios
que não irradiam as agonias,
que apagam os programas da selva,
e ofereço-me para ser comido
pelas vacas espremidas
quando seus gritos enchem o vale
onde o Hudson se embriaga com azeite.

CEMENTERIO JUDIO

AS alegres fiebres huyeron a las maromas de los
[barcos
y el judío empujó la verja con el pudor helado
[del interior
de la lechuga.

Los niños de Cristo dormían,
y el agua era una paloma,
y la madera era una garza,
y el plomo era un colibrí,
y aun las vivas prisiones de fuego
estaban consoladas por el salto de la langosta.

Los niños de Cristo bogaban y los judíos
[llenaban los muros
con un solo corazón de paloma
por el que todos querían escapar.
Las niñas de Cristo cantaban y las judías miraban
[la muerte
con un solo ojo de faisán,
vidriado por la angustia de un millón de paisajes.

Los médicos ponen en el níquel sus tijeras y
[guantes de goma

CEMITÉRIO JUDEU

As alegres febres fugiram para as maromas dos
                                   [barcos
e o judeu empurrou a grade com o pudor gelado
                                   [do interior
da alface.

  Os meninos de Cristo dormiam,
e a água era uma pomba
e a madeira era uma garça,
e o chumbo era um colibri,
e ainda as vivas prisões de fogo
estavam consoladas pelo salto do gafanhoto.

  Os meninos de Cristo vogavam e os judeus
                         [enchiam os muros
com um só coração de pomba
pelo qual todos queriam escapar.
As meninas de Cristo cantavam e as judias
                         [olhavam a morte
com um só olho de faisão,
vidrado pela angústia de um milhão de paisagens.

  Os médicos põem no níquel suas tesouras e luvas
                         [de borracha

cuando los cadáveres sienten en los pies
la terrible claridad de otra luna enterrada.
Pequeños dolores ilesos se acercan a los hospitales
y los muertos se van quitando un traje de sangre
                                                   [cada día.

   Las arquitecturas de escarcha,
las liras y gemidos que se escapan de las hojas
                                                   [diminutas
en otoño, mojando las últimas vertientes,
se apagaban en el negro de los sombreros de copa.

   La hierba celeste y sola de la que huye con
                                                 [miedo el rocío
y las blancas entradas de mármol que conducen al
                                                 [aire duro
mostraban su silencio roto por las huellas dormidas
                                               [de los zapatos.

   El judío empujó la verja;
pero el judío no era un puerto,
y las barcas de nieve se agolparon
por las escalerillas de su corazón:
las barcas de nieve que acechan
un hombre de agua que las ahogue,
las barcas de los cementerios
que a veces dejan ciegos a los visitantes.

   Los niños de Cristo dormían
y el judío ocupó su litera.
Tres mil judíos lloraban en el espanto de las galerías
porque reunían entre todos con esfuerzo media
                                                 [paloma,
porque uno tenía la rueda de un reloj

quando os cadáveres sentem nos pés
a terrível claridade de outra lua enterrada.
Pequenas dores ilesas se aproximam dos hospitais
e os mortos vão tirando uma roupa de sangue cada
[dia.

As arquiteturas de geada,
as liras e gemidos que escapam das folhas
                            [diminutas
no outono, molhando as derradeiras vertentes,
se apagavam no negro dos chapéus de copa.

A erva celeste e só da que foge com medo o
                            [rocio
e as brancas entradas de mármore que conduzem
                            [ao ar duro
mostravam seu silêncio quebrado pelas pegadas
                [adormecidas dos sapatos.

O judeu empurrou a grade;
mas o judeu não era um porto,
e as barcas de neve se agruparam
pelas escadinhas de seu coração:
as barcas de neve que espreitam
um homem de água que as afogue,
as barcas dos cemitérios
que às vezes deixam cegos os visitantes.

Os meninos de Cristo dormiam
e o judeu ocupou sua lixeira.
Três mil judeus choravam no espanto das galerias
porque reuniam entre todos com esforço meia
                            [pomba,
porque um tinha a roda de um relógio

y otro un botín con orugas parlantes
y otro una lluvia nocturna cargada de cadenas
y otro la uña de un ruiseñor que estaba vivo;
y porque la media paloma gemía
derramando una sangre que no era la suya.

Las alegres fiebres bailaban por las cúpulas
[humedecidas
y la luna copiaba en su mármol
nombres viejos y cintas ajadas.
Llegó la gente que come por detrás de las yertas
[columnas
y los asnos de blancos dientes
con los especialistas de las articulaciones.
Verdes girasoles temblaban
por los páramos del crepúsculo
y todo el cementerio era una queja
de bocas de cartón y trapo seco.
Ya los niños de Cristo se dormían
cuando el judío, apretando los ojos,
se cortó las manos en silencio
el escuchar los primeros gemidos.

New York, 18 de enero de 1930

e outro um botim com larvas falantes
e outro uma chuva noturna carregada de correntes
e outro a unha de um rouxinol que estava vivo;
e porque a meia pomba gemia
derramando um sangue que não era o seu.

As alegres febres bailavam pelas cúpulas
                    [umedecidas
e uma lua copiava no seu mármore
nomes velhos e fitas estragadas.
Chegou a gente que come por detrás das hirtas
                    [colunas
e os asnos de brancos dentes
com os especialistas das articulações.
Verdes girassóis tremiam
pelos páramos do crepúsculo
e todo o cemitério era uma queixa
de bocas de cartão e trapo seco.
Os meninos de Cristo dormiam já
quando o judeu, apertando os olhos,
cortou as mãos em silêncio
ao escutar os primeiros gemidos.

Nova York, 18 de janeiro de 1930

VIII
DOS ODAS
A MI EDITOR ARMANDO GUIBERT

VIII

DUAS ODES

AO MEU EDITOR ARMANDO GUIBERT

GRITO HACIA ROMA
(DESDE LA TORRE DEL CRYSLER BUILDING)

MANZANAS levemente heridas
por los finos espadines de plata,
nubes rasgadas por una mano de coral
que lleva en el dorso una almendra de fuego,
peces de arsénico como tiburones,
tiburones como gotas de llanto para cegar una
[multitud,
rosas que hieren
y agujas instaladas en los caños de la sangre,
mundos enemigos y amores cubiertos de gusanos
caerán sobre ti. Caerán sobre la gran cúpula
que untan de aceite las lenguas militares
donde un hombre se orina en una deslumbrante
[paloma
y escupe carbón machacado
rodeado de miles de campanillas.

  Porque ya no hay quien reparta el pan ni el vino,
ni quien cultive hierbas en la boca del muerto,
ni quien abra los linos del reposo,
ni quien llore por las heridas de los elefantes.
No hay más que un millón de herreros

GRITO PARA ROMA
(DA TORRE DO CRYSLER BUILDING)

Maçãs levemente feridas
por finos espadins de prata,
nuvens rasgadas por uma mão de coral
que leva no dorso uma amêndoa de fogo,
peixes de arsênico como tubarões,
tubarões como gotas de pranto para cegar uma
                                          [multidão,
rosas que ferem
e agulhas instaladas nos canos do sangue,
mundos inimigos e amores cobertos de vermes
cairão sobre ti. Cairão sobre a grande cúpula
que untam de azeite as línguas militares
onde um homem urina numa deslumbrante
                                          [pomba
e cospe carvão esmagado
rodeado de milhares de campainhas.

  Porque já não há quem reparta o pão nem o vinho,
nem quem cultive ervas na boca do morto,
nem quem abra as linhas do repouso,
nem quem chore pelas feridas dos elefantes.
Não há mais que um milhão de ferreiros

forjando cadenas para los niños que han de venir.
No hay más que un millón de carpinteros
que hacen ataúdes sin cruz.
No hay más que un gentío de lamentos
que se abren las ropas en espera de la bala.
El hombre que desprecia la paloma debía hablar,
debía gritar desnudo entre las columnas,
y ponerse una inyección para adquirir la lepra
y llorar un llanto tan terrible
que disolviera sus anillos y sus teléfonos de
　　　　　　　　　　　　　　　　　[diamante.
Pero el hombre vestido de blanco
ignora el misterio de la espiga,
ignora el gemido de la parturienta,
ignora que Cristo puede dar agua todavía,
ignora que la moneda quema el beso de prodigio
y da la sangre del cordero al pico idiota del faisán.

　Los maestros enseñan a los niños
una luz maravillosa que viene del monte;
pero lo que llega es una reunión de cloacas
donde gritan las oscuras ninfas del cólera.
Los maestros señalan con devoción las enormes
　　　　　　　　　　　　[cúpulas sahumadas;
pero debajo de las estatuas no hay amor,
no hay amor bajo los ojos de cristal definitivo.
El amor está en las carnes desgarradas por la sed,
en la choza diminuta que lucha con la inundación;
el amor está en los fosos donde luchan las sierpes
　　　　　　　　　　　　　　　　　[del hambre,
en el triste mar que mece los cadáveres de las
　　　　　　　　　　　　　　　　　[gaviotas
y en el oscurísimo beso punzante debajo de las
　　　　　　　　　　　　　　　　　[almohadas.

forjando cadeias para os meninos que hão de vir.
Não há mais que um milhão de carpinteiros
que fazem ataúdes sem cruz.
Não há mais que uma turba de lamentos
que abre as roupas à espera da bala.
O homem que despreza a pomba devia falar,
devia gritar despido entre as colunas,
e tomar uma injeção para adquirir a lepra
e chorar um pranto tão terrível
que dissolvesse seus anéis e seus telefones de
[diamante.
Mas o homem vestido de branco
ignora o mistério da espiga,
ignora o gemido da parturiente,
ignora que Cristo ainda pode dar água,
ignora que a moeda queima o beijo de prodígio
e dá o sangue do cordeiro ao bico idiota do faisão.

Os mestres mostram aos meninos
uma luz maravilhosa que vem do monte;
mas o que chega é uma reunião de cloacas
onde gritam as escuras ninfas da cólera.
Os mestres apontam com devoção as enormes
[cúpulas defumadas;
mas debaixo das estátuas não há amor,
não há amor sob os olhos de cristal definitivo.
O amor está nas carnes dilaceradas pela sede,
na choça diminuta que luta contra a inundação;
o amor está nos fossos onde lutam as serpentes da
[fome,
no triste mar que embala os cadáveres das
[gaivotas
e no escuríssimo beijo pungente embaixo das
[almofadas.

Pero el viejo de las manos traslúcidas
dirá: Amor, amor, amor,
aclamado por millones de moribundos;
dirá: amor, amor, amor,
entre el tisú estremecido de ternura;
dirá: paz, paz, paz,
entre el tirite de cuchillos y melones de dinamita;
dirá: amor, amor, amor,
hasta que se le pongan de plata los labios.

Mientras tanto, mientras tanto, ¡ay!, mientras
 [tanto,
los negros que sacan las escupideras,
los muchachos que tiemblan bajo el terror pálido
 [de los directores,
las mujeres ahogadas en aceites minerales,
la muchedumbre de martillo, de violín o de nube,
ha de gritar aunque le estrellen los sesos en el
 [muro,
ha de gritar frente a las cúpulas,
ha de gritar loca de fuego,
ha de gritar loca de nieve,
ha de gritar con la cabeza llena de excremento,
ha de gritar como todas las noches juntas,
ha de gritar con voz tan desgarrada
hasta que las ciudades tiemblen como niñas
y rompan las prisiones del aceite y la música,
porque queremos el pan nuestro de cada día,
flor de aliso y perenne ternura desgranada,
porque queremos que se cumpla la voluntad de la
 [Tierra
que da sus frutos para todos.

Mas o velho das mãos translúcidas
dirá: Amor, amor, amor,
aclamado por milhões de moribundos;
dirá: amor, amor, amor,
entre o tecido de seda estremecido de ternura;
dirá: paz, paz, paz,
entre o ruído de facas e de dinamite;
dirá: amor, amor, amor,
até que se tornem de prata os seus lábios.

Entretanto, entretanto, ai!,
              [entretanto,
os negros que tiram as escarradeiras,
os rapazes que tremem sob o terror pálido dos
                            [diretores,
as mulheres afogadas em óleos minerais,
a multidão de martelo, de violino ou de nuvem,
há de gritar ainda que lhe rebentem os miolos
                        [contra o muro,
há de gritar ante as cúpulas,
há de gritar louca de fogo,
há de gritar louca de neve,
há de gritar com a cabeça cheia de excremento,
há de gritar como todas as noites juntas,
há de gritar com voz tão despedaçada
até que as cidades tremam como meninas
e rompam as prisões do azeite e de música,
porque queremos o pão nosso de cada dia,
flor de amieiro e perene ternura debulhada,
porque queremos que se cumpra a vontade da
                                  [Terra
que dá seus frutos para todos.

ODA A WALT WHITMAN

POR el East River y el Bronx,
los muchachos cantaban enseñando sus cinturas,
con la rueda, el aceite, el cuero y el martillo.
Noventa mil mineros sacaban la plata de las rocas
y los niños dibujaban escaleras y perspectivas.

Pero ninguno se dormía,
ninguno quería ser el río,
ninguno amaba las hojas grandes,
ninguno la lengua azul de la playa.

Por el East River y el Queensborough
los muchachos luchaban con la industria,
y los judíos vendían al fauno del río
la rosa de la circuncisión
y el cielo desembocaba por los puentes y los tejados
manadas de bisontes empujadas por el viento.

Pero ninguno se detenía,
ninguno quería ser nube,
ninguno buscaba los helechos
ni la rueda amarilla del tamboril.

ODE A WALT WHITMAN

Pelo East River e pelo Bronx,
os rapazes cantavam mostrando as cinturas,
com a roda, o azeite, o coro e o martelo.
Noventa mil mineiros tiravam a prata das rochas
e os meninos desenhavam escadas e perspectivas.

Mas nenhum dormia,
nenhum queria ser o rio,
nenhum amava as folhas grandes,
nenhum a língua azul da praia.

Pelo East River e pelo Queensborough
os rapazes lutavam contra a indústria,
e os judeus vendiam ao fauno do rio
a rosa da circuncisão
e o céu desembocava nas pontes e telhados
manadas de bisontes empurradas pelo vento.

Mas ninguém se detinha,
ninguém queria ser nuvem,
ninguém buscava os fetos
nem a roda amarela do tamboril.

Cuando la luna salga
las poleas rodarán para tumbar el cielo;
un límite de agujas cercará la memoria
y los ataúdes se llevarán a los que no trabajan.

Nueva York de cieno,
Nueva York de alambre y de muerte.
¿Qué ángel llevas oculto en la mejilla?
¿Qué voz perfecta dirá las verdades del trigo?
¿Quién el sueño terrible de tus anécdotas
                        [manchadas?

Ni un solo momento, viejo hermoso Walt
                        [Whitman,
ha dejado de ver tu barba llena de mariposas,
ni tus hombros de pana gastados por la luna,
ni tus muslos de Apolo virginal,
ni tu voz como una columna de ceniza;
anciano hermoso como la niebla
que gemías igual que un pájaro
con el sexo atravesado por una aguja,
enemigo del sátiro,
enemigo de la vid
y amante de los cuerpos bajo la burda tela.
Ni un solo momento, hermosura viril
que en montes de carbón, anuncios y ferrocarriles,
soñabas ser un río y dormir como un río
con aquel camarada que pondría en tu pecho
un pequeño dolor de ignorante leopardo.

Ni un solo momento, Adán de sangre, macho,
hombre solo en el mar, viejo hermoso Walt
                        [Whitman,
porque por las azoteas,

Quando a lua sair
as polés rodarão para tombar o céu;
um limite de agulhas cercará a memória
e os ataúdes levarão os que não trabalham.

Nova York de lama,
Nova York de arame e de morte.
Que anjo levas oculto na face?
Que voz perfeita dirá as verdades do trigo?
Quem o sonho terrível de tuas anedotas
[manchadas?

Nem um só momento, velho formoso Walt
[Whitman,
deixei de ver tua barba cheia de mariposas,
nem teus ombros de veludo gastos pela lua,
nem tuas coxas de Apolo virginal,
nem tua voz como uma coluna de cinza;
ancião formoso como a névoa
que gemias como um pássaro
com o sexo atravessado por uma agulha,
inimigo do sátiro,
inimigo da vide
e amante dos corpos sob o grosseiro pano.
Nem um só momento, formosura viril
que em montes de carvão, anúncios e ferrovias,
sonhavas ser um rio e dormir como um rio
com aquele camarada que poria em teu peito
uma pequena dor de ignorante leopardo.

Nem um só momento, Adão de sangue, macho,
homem só no mar, velho formoso Walt
[Whitman,
porque pelas açotéias,

agrupados en los bares,
saliendo en racimos de las alcantarillas,
temblando entre las piernas de los chauffeurs
o girando en las plataformas del ajenjo,
los maricas, Walt Whitman, te soñaban.

¡También ese! ¡También! Y se despeñan
sobre tu barba luminosa y casta,
rubios del norte, negros de la arena,
muchedumbres de gritos y ademanes,
como gatos y como las serpientes,
los maricas, Walt Whitman, los maricas
turbios de lágrimas, carne para fusta,
bota o mordisco de los domadores.

¡También ese! ¡También! Dedos teñidos
apuntan a la orilla de tu sueño
cuando el amigo come tu manzana
con un leve sabor de gasolina
y el sol canta por los ombligos
de los muchachos que juegan bajo los puentes.

Pero tú no buscabas los ojos arañados,
ni el pantano oscurísimo donde sumergen a los
 [niños,
ni la saliva helada,
ni las curvas heridas como panza de sapo
que llevan los maricas en coches y terrazas
mientras la luna los azota por las esquinas del
 [terror.

Tú buscabas un desnudo que fuera como un río,
toro y sueño que junte la rueda con el alga,
padre de tu agonía, camelia de tu muerte,
y gimiera en las llamas de tu ecuador oculto.

agrupados nos bares,
saindo em cachos dos esgotos,
tremendo entre as pernas dos chauffeurs
ou girando nas plataformas do absinto,
os maricas, Walt Whitman, te sonhavam.

Também esse! Também! E se despenham
em tua barba luminosa e casta,
louros do norte, negros da areia,
multidões de gritos e ademanes,
como gatos e como as serpentes,
os maricas, Walt Whitman, os maricas
turvos de lágrimas, carne para chicote,
bota ou mordedura dos domadores.

Também esse! Também! Dedos tingidos
apontam para a borda de teu sonho
quando o amigo como tua maçã
com um leve sabor de gasolina
e o sol canta pelos umbigos
dos rapazes que brincam sob as pontes.

Mas tu não buscavas os olhos arranhados,
nem o pântano escuríssimo onde submergem os
[meninos,
nem a saliva gelada,
nem as curvas feridas como pança de sapo
que levam os maricas em carros e terraços
enquanto a lua os açoita pelas esquinas do
[terror.

Tu buscavas um desnudo que fosse como um rio,
touro e sonho que junte a roda com a alga,
pai de tua agonia, camélia de tua morte,
e gemesse nas chamas de teu equador oculto.

Porque es justo que el hombre no busque su
                              [deleite
en la selva de sangre de la mañana próxima.
El cielo tiene playas donde evitar la vida
y hay cuerpos que no deben repetirse en la aurora.

Agonía, agonía, sueño, fermento y sueño.
Este es el mundo, amigo, agonía, agonía.
Los muertos se descomponen bajo el reloj de las
                                   [ciudades,
la guerra pasa llorando con un millón de ratas
                                   [grises,
los ricos dan a sus queridas
pequeños moribundos iluminados,
y la vida no es noble, ni buena, ni sagrada.

Puede el hombre, si quiere, conducir su deseo
por vena de coral o celeste desnudo.
Mañana los amores serán rocas y el Tiempo
una brisa que viene dormida por las ramas.

Por eso no levanto mi voz, viejo Walt
                        [Whitman,
contra el niño que escribe
nombre de niña en su almohada,
ni contra el muchacho que se viste de novia
en la oscuridad del ropero,
ni contra los solitarios de los casinos
que beben con asco el agua de la prostitución,
ni contra los hombres de mirada verde
que aman al hombre y queman sus labios en
                                  [silencio.
Pero sí contra vosotros, maricas de las ciudades,
de carne tumefacta y pensamiento inmundo,

Porque é justo que o homem não busque seu
                    [deleite
na selva de sangue da manhã próxima.
O céu tem praias onde evitar a vida
e há corpos que não devem repetir-se na aurora.

Agonia, agonia, sonho, fermento e sonho.
Este é o mundo, amigo, agonia, agonia.
Os mortos se decompõem sob o relógio das
                    [cidades,
a guerra passa chorando com um milhão de ratas
                    [grises,
os ricos dão a suas queridas
pequenos moribundos iluminados,
e a vida não é nobre, nem boa, nem sagrada.

Pode o homem, se quiser, conduzir seu desejo
por veia de coral ou celeste nudez.
Amanhã os amores serão rochas e o tempo
uma brisa que vem adormecida pelos ramos.

Por isso não levanto minha voz, velho Walt
                    [Whitman,
contra o menino que escreve
nome de menina em sua almofada,
nem contra o rapaz que se veste de noiva
na escuridão da rouparia,
nem contra os solitários dos cassinos
que bebem com asco a água da prostituição,
nem contra os homens de olhada verde
que amam o homem e queimam seus lábios em
                    [silêncio.
Mas sim contra vós outros, maricas das cidades,
de carne tumefacta e pensamento imundo,

madres de lodo, arpías, enemigos sin sueño
del Amor que reparte coronas de alegría.

Contra vosotros siempre, que dais a los muchachos
gotas de sucia muerte con amargo veneno.
Contra vosotros siempre,
Faeries de Norteamérica,
Pájaros de la Habana,
Jotos de Méjico,
Sarasas de Cádiz,
Apios de Sevilla,
Cancos de Madrid,
Floras de Alicante,
Adelaidas de Portugal.

¡Maricas de todo el mundo, asesinos de palomas!
Esclavos de la mujer, perras de sus tocadores,
abiertos en las plazas con fiebre de abanico
o emboscados en yertos paisajes de cicuta.

¡No haya cuartel! La muerte
mana de vuestros ojos
y agrupa flores grises en la orilla del cieno.
¡No haya cuartel! ¡Alerta!
Que los confundidos, los puros,
los clásicos, los señalados, los suplicantes
os cierren las puertas de la bacanal.

Y tú, bello Walt Whitman, duerme a orillas del
 [Hudson
con la barba hacia el polo y las manos abiertas.
Arcilla blanda o nieve, tu lengua está llamando
camaradas que velen tu gacela sin cuerpo.
Duerme, no queda nada.

mães de lodo, harpias, inimigos sem sonho
do Amor que reparte coroas de alegria.

Contra vós sempre, que dais aos rapazes
gotas de suja morte com amargo veneno.
Contra vós sempre,
Falries da América do Norte,
Pássaros de Havana,
Jotos do México,
Sarasas de Cádiz,
Apios de Sevilha,
Cancos de Madri,
Floras de Alicante,
Adelaides de Portugal.

Maricas de todo o mundo, assassinos de pombas!
Escravos da mulher, cadelas de seus toucadores,
abertos nas praças com febre de leque
ou emboscados em hirtas paisagens de cicuta.

Não haja quartel! A morte
mana de vossos olhos
e agrupa flores grises na margem do lodo.
Não haja quartel! Alerta!
Que os confundidos, os puros,
os clássicos, os marcados, os suplicantes
vos fechem as portas da bacanal.

E tu, belo Walt Whitman, dorme às margens
                                       [do Hudson
com a barba em direção do pólo e as mãos abertas.
Argila branda ou neve, tua língua está chamando
camaradas que velem tua gazela sem corpo.
Dorme, não sobra nada.

Una danza de muros agita las praderas
y América se anega de máquinas y llanto.
Quiero que el aire fuerte de la noche más honda
quite flores y letras del arco donde duermes
y un niño negro anuncie a los blancos del oro
la llegada del reino de la espiga.

Uma dança de muros agita as pradarias
e a América se afoga em máquinas e pranto.
Quero que o ar forte da noite mais funda
tire flores e letras do arco onde dormes
e um menino negro anuncie aos brancos do ouro
a chegada do reino da espiga.

IX

HUIDA DE NUEVA YORK
DOS VALSES HACIA LA CIVILIZACION

IX

FUGIDA DE NOVA YORK

DUAS VALSAS PARA A CIVILIZAÇÃO

PEQUEÑO VALS VIENES

EN Viena hay diez muchachas,
un hombro donde solloza la muerte
y un bosque de palomas disecadas.
Hay un fragmento de la mañana
en el museo de la escarcha.
Hay un salón con mil ventanas.
 ¡Ay, ay, ay, ay!
Toma este vals con la boca cerrada.

 Este vals, este vals, este vals,
de sí, de muerte y de coñac
que moja su cola en el mar.

 Te quiero, te quiero, te quiero,
con la butaca y el libro muerto,
por el melancólico pasillo,
en el oscuro desván del lirio,
en nuestra cama de la luna
y en la danza que sueña la tortuga.
 ¡Ay, ay, ay, ay!
Toma este vals de quebrada cintura.

 En Viena hay cuatro espejos

PEQUENA VALSA VIENENSE

Em Viena há dez moçoilas,
um ombro onde soluça a morte
e um bosque de pombas dissecadas.
Há um fragmento da manhã
no museu da geada.
Há um salão com mil janelas
   Ai, ai, ai, ai!
Toma esta valsa com a boca fechada.

 Esta valsa, esta valsa, esta valsa,
de sim, de morte e de conhaque
que molha sua cauda no mar.

 Quero-te, quero-te, quero-te,
com a poltrona e o livro morto,
pelo melancólico corredor,
no escuro desvão do lírio,
em nossa cama de lua
e na dança com que sonha a tartaruga.
   Ai, ai, ai, ai!
Toma esta valsa de quebrada cintura.

 Em Viena há quatro espelhos

donde juegan tu boca y los ecos.
Hay una muerte para piano
que pinta de azul a los muchachos.
Hay mendigos por los tejados.
Hay frescas guirnaldas de llanto.
 ¡Ay, ay, ay, ay!
Toma este vals que se muere en mis brazos.

Porque te quiero, te quiero, amor mío,
en el desván donde juegan los niños,
soñando viejas luces de Hungría
por los rumores de la tarde tibia,
viendo ovejas y lirios de nieve
por el silencio oscuro de tu frente.
 ¡Ay, ay, ay, ay!
Toma este vals del "Te quiero siempre".

En Viena bailaré contigo
con un disfraz que tenga
cabeza de río.
¡Mira qué orillas tengo de jacintos!
Dejaré mi boca entre tus piernas,
mi alma en fotografías y azucenas,
y en las ondas oscuras de tu andar
quiero, amor mío, amor mío, dejar,
violín y sepulcro, las cintas del vals.

onde brincam tua boca e os ecos.
Há uma morte para piano
que pinta de azul os rapazes.
Há mendigos pelos telhados.
Há frescas grinaldas de pranto.
   Ai, ai, ai, ai!
Toma esta valsa que morre em meus braços.

 Porque te quero, te quero, amor meu
no desvão onde brincam os meninos,
sonhando velhas luzes da Hungria
pelos rumores da tarde tíbia,
vendo ovelhas e lírios de neve
pelo silêncio escuro de tua fronte.
   Ai, ai, ai, ai!
Toma esta valsa de "Quero-te sempre".

 Em Viena dançarei contigo
com um disfarce que tenha
cabeça de rio.
Olha que margens tenho de jacintos!
Deixarei minha boca entre tuas pernas,
minh'alma em fotografias e açucenas,
e nas ondas escuras de teu andar
quero, amor meu, amor meu, deixar,
violino e sepulcro, as fitas da valsa.

VALS EN LAS RAMAS

Cayó una hoja
y dos
y tres.
Por la luna nadaba un pez.
El agua duerme una hora
y el mar blanco duerme cien.
La dama
estaba muerta en la rama.
La monja
cantaba dentro de la toronja.
La niña
iba por el pino a la piña.
Y el pino
buscaba la plumilla del trino.
Pero el ruiseñor
lloraba sus heridas alrededor.
Y yo tambien
porque cayó una hoja
y dos
y tres.
Y una cabeza de cristal
y una violin de papel
y la nieve podría con el mundo

VALSA NOS RAMOS

Caiu uma folha
e duas
e três.
Na lua nadava um peixe.
A água dorme uma hora
e o mar branco dorme cem.
A dama
estava morta no ramo.
A monja
cantava dentro da toranja.
A menina
ia pelo pinheiro à pinha.
E o pinheiro
buscava a peninha do trinado.
Mas o rouxinol
chorava suas feridas em redor.
E eu também
porque caiu uma folha
e duas
e três.
E uma cabeça de cristal
e um violino de papel
e a neve apodrecia com o mundo

una a una
dos a dos
y tres a tres.
¡Oh duro marfil de carnes invisibles!
¡Oh golfo sin hormigas del amanecer!
Con el numen de las ramas, Con
con el ay de las damas,
con el croo de las ranas,
y el geo amarillo de la miel.
Llegará un torso de sombra
coronado de laurel.
Será el cielo para el viento
duro como una pared
y las ramas desgajadas
se irán bailando con él.
Una a una
alrededor de la luna,
dos a dos
alrededor del sol,
y tres a tres
para que los marfiles se duerman bien.

uma a uma
duas a duas
e três a três.
Oh, duro marfim de carnes invisíveis!
Oh, golfo sem formigas do amanhecer!
Com o lume dos ramos,
com o ai das damas,
com o coaxar das rãs
e o geo amarelo do mel.
Chegará um torso de sombra
coroado de laurel.
Será o céu para o vento
duro como uma parede
e os ramos desgalhados
irão bailando com ele.
Um a um
ao redor da lua,
dois a dois
ao redor do sol,
e três a três
para que os marfins durmam bem.

X
EL POETA LLEGA A LA HABANA

A Don Fernando Ortiz

X
O POETA CHEGA A HAVANA
A Dom Fernando Ortiz

SON DE NEGROS EN CUBA

Cuando llegue la luna llena iré a Santiago de Cuba,
iré a Santiago
en un coche de agua negra.
Iré a Santiago.
Cantarán los techos de palmera.
Iré a Santiago.
Cuando la palma quiere ser cigüeña,
iré a Santiago.
Y cuando quiere ser medusa el plátano,
iré a Santiago.
Iré a Santiago
con la rubia cabeza de Fonseca.
Iré a Santiago.
Y con el rosa de Romeo y Julieta
iré a Santiago.
Mar de papel y plata de monedas.
Iré a Santiago.
¡Oh Cuba! ¡Oh ritmo de semillas secas!
Iré a Santiago.
¡Oh cintura caliente y gota de madera!
Iré a Santiago.
Arpa de troncos vivos. Caimán. Flor de tabaco.
Iré a Santiago.

SOM DE NEGROS EM CUBA

QUANDO chegar a lua cheia irei a Santiago de Cuba,
irei a Santiago
em um carro de água negra.
Irei a Santiago.
Cantarão os tetos de palmeira.
Irei a Santiago.
Quando a palma quiser ser cegonha,
irei a Santiago.
E quando quiser ser medusa o plátano,
irei a Santiago.
Irei a Santiago
com a loira cabeça de Fonseca.
Irei a Santiago.
E com a cor rosada de Romeu e Julieta
irei a Santiago.
Mar de papel e prata de moedas.
Irei a Santiago.
Oh, Cuba! Oh, ritmo de sementes secas!
Irei a Santiago.
Oh, cintura quente e gota de madeira!
Irei a Santiago.
Harpa de troncos vivos. Caimão. Flor de tabaco.
Irei a Santiago.

Siempre he dicho que yo iría a Santiago
en un coche de agua negra.
Iré a Santiago.
Brisa y alcohol en las ruedas,
iré a Santiago.
Mi coral en la tiniebla,
iré a Santiago.
El mar ahogado en la arena,
iré a Santiago.
Calor blanco. Fruta muerta.
Iré a Santiago.
¡Oh bovino frescor de cañaveras!
¡Oh Cuba! ¡Oh curva de suspiro y barro!
Iré a Santiago.

Sempre disse que iria a Santiago
em um carro de água negra.
Irei a Santiago.
Brisa e álcool nas rodas,
irei a Santiago.
Meu coral na treva,
irei a Santiago.
O mar afogado na areia,
irei a Santiago.
Calor branco. Fruta morta.
Irei a Santiago.
Oh, bovino frescor de canaviais!
Oh, Cuba! Oh, curva de suspiro e barro!
Irei a Santiago.

PEQUEÑO POEMA INFINITO
Para Luis Cardoza y Aragón

Equivocar el camino
es llegar a la nieve
y llegar a la nieve
es pacer durante veinte siglos las hierbas de los
                                    [cementerios.

  Equivocar el camino
es llegar a la mujer,
la mujer que no teme la luz,
la mujer que mata dos gallos en un segundo,
la luz que no teme a los gallos
y los gallos que no saben cantar sobre la nieve.

  Pero si la nieve se equivoca de corazón
puede llegar el viento Austro
y como el aire no hace caso de los gemidos
tendremos que pacer otra vez las hierbas de los
                                    [cementerios.

  Yo vi dos dolorosas espigas de cera
que enterraban un paisaje de volcanes
y vi dos niños locos que empujaban llorando las
                                [pupilas de un asesino.

PEQUENO POEMA INFINITO
Para Luis Cardoza y Aragón

Equivocar o caminho
é chegar à neve
e chegar à neve
é pascer durante vinte séculos as ervas dos
                            [cemitérios.

Equivocar o caminho
é chegar à mulher,
a mulher que não teme a luz,
a mulher que mata dois galos em um segundo,
a luz que não teme os galos
e os galos que não sabem cantar sobre a neve.

Mas se a neve se equivoca de coração
pode chegar o vento Austro
e como o ar não faz caso dos gemidos
teremos que pascer outra vez as ervas dos
                            [cemitérios.

Eu vi duas dolorosas espigas de cera
que enterravam uma paisagem de vulcões
e vi dois meninos loucos que empurravam
       [chorando as pupilas de um assassino.

Pero el dos no ha sido nunca un número
porque es una angustia y su sombra,
porque es la guitarra donde el amor se desespera,
porque es la demostración de otro infinito que no
[es suyo
y es las murallas del muerto
y el castigo de la nueva resurrección sin finales.
Los muertos odian el número dos,
pero el número dos adormece a las mujeres
y como la mujer teme la luz
la luz tiembla delante de los gallos
y los gallos solo saben volar sobre la nieve
tendremos que pacer sin descanso las hierbas de
[los cementerios.

New York, 10 de enero de 1930.

Mas o dois nunca foi um número
porque é uma angústia e uma sombra,
porque é a guitarra onde o amor se desespera,
porque é a demonstração de outro infinito que não
                                   [é o seu
e é as muralhas do morto
e o castigo da nova ressurreição sem finais.
Os mortos odeiam o número dois,
mas o número dois adormece as mulheres
e como a mulher teme a luz
a luz treme diante dos galos
e os galos só sabem voar sobre a neve
teremos que pascer sem descanso as ervas dos
                                   [cemitérios.

Nova York, 10 de janeiro de 1930.

[LA LUNA PUDO DETENERSE AL FIN]

La luna pudo detenerse al fin por la curva
 [blaquísima de los caballos.
Un rayo de luz violeta que se escapaba de la herida
proyectó en el cielo el instante de la circunsisión
 [de un niño muerto.

La sangre bajaba por el monte y los ángeles la
 [buscaban,
pero los cálices eran de viento y al fin llenaba los
 [zapatos.
Cojos perros fumaban sus pipas y un olor de cuero
 [caliente
ponía grises los labios redondos de los que
 [vomitaban en las esquinas.
Y llegaban largos alaridos por el Sur de la noche
 [seca.
Era que la luna quemaba con sus bujías el falo de
 [los caballos.
Un sastre especialista en púrpura
había encerrado a tres santas mujeres
y les enseñaba una calavera por los vidrios de la
 [ventana.
Las tres en el arrabal rodeaban a un camello blanco

[A LUA PÔDE DETER-SE POR FIM]

A lua pôde deter-se por fim na curva
                [branquíssima dos cavalos.
Um raio de luz violeta que se escapava da ferida
projetou no céu o instante da circuncisão
                        [de um menino morto.

O sangue baixava pelo monte e os anjos o
                                [buscavam,
mas os cálices eram de vento e por fim enchia os
                                [sapatos.
Cachorros coxos fumavam seus cachimbos e um
                        [odor de couro quente
tornava grises os lábios redondos dos que
                [vomitavam nas esquinas.
E chegavam longos alaridos pelo Sul da noite
                                        [seca.
Era que a lua queimava com suas velas o falo dos
                                        [cavalos.
Um alfaiate especialista em púrpura
havia encerrado três santas mulheres
e lhes mostrava uma caveira pelos vidros da
                                [janela.
As três no arrabalde rodeavam um camelo branco

que lloraba porque al alba
tenía que pasar sin remedio por el ojo de una
                                     [aguja.
¡Oh cruz! ¡Oh clavos! ¡Oh espina!
¡Oh espina clavada en el hueso hasta que se oxiden
                                    [los planetas!
Como nadie volvía la cabeza, el cielo pudo
                                     [desnudarse.
Entonces se oyó la gran voz y los fariseos dijeron:
Esa maldita vaca tiene las tetas llenas de leche.
La muchedumbre cerraba las puertas
y la lluvia bajaba por las calles decidida a mojar el
                                     [corazón
mientras la tarde se puso turbia de latidos y
                                     [leñadores
y la oscura ciudad agonizaba bajo el martillo de los
                                     [carpinteros.

  Esa maldita vaca
tiene las tetas llenas de perdigones,
dijeron los fariseos.
Pero la sangre mojó sus pies y los espíritus
                                     [inmundos
estrellaban ampollas de laguna sobre las paredes
                                     [del templo.
Se supo el momento preciso de la salvación de
                                     [nuestra vida.
Porque la luna lavó con agua
las quemaduras de los caballos
y no la niña viva que callaron en la arena.
Entonces salieron los fríos cantando sus canciones
y las ranas encendieron sus lumbres en la doble
                                     [orilla del río.
Esa maldita vaca, maldita, maldita, maldita

que chorava porque a aurora
tinha que passar sem remédio pelo olho de uma
[agulha.
Oh, cruz! Oh, cravos! Oh, espinho!
Oh, espinho cravado no osso até que se oxidem os
[planetas!
Como ninguém virasse a cabeça, o céu pôde
[desnudar-se.
Então se ouviu a grande voz e os fariseus disseram:
Essa maldita vaca tem as tetas cheias de leite.
A multidão fechava as portas
e a chuva baixava pelas ruas decidida a molhar o
[coração
enquanto a tarde ficou turva de latidos e
[lenhadores
e a escura cidade agonizava sob o martelo dos
[carpinteiros.

Essa maldita vaca
tem as tetas cheias de perdigões,
disseram os fariseus.
Mas o sangue molhou seus pés e os espíritos
[imundos
espatifavam ampolas de laguna contra as paredes
[do templo.
Soube-se o momento preciso da salvação de nossa
[vida.
Porque a lua lavou com água
as queimaduras dos cavalos
e não a menina viva que calaram na areia.
Então saíram os frios cantando suas canções,
e as rãs acenderam seus lumes na dupla margem do
[rio.
Essa maldita vaca, maldita, maldita, maldita

no nos dejará dormir, dijeron los fariseos,
y se alejaron a sus casas por el tumulto de la calle
dando empujones a los borrachos y escupiendo sal
   [de los sacrificios
mientras la sangre los seguía con un balido de
   [cordero.

Fue entonces
y la tierra despertó arrojando temblorosos ríos de
   [polilla.

New York, 18 de octubre de 1929.

não nos deixará dormir, disseram os fariseus,
e foram para suas casas pelo tumulto da rua
dando empurrões nos bêbados e cuspindo sal dos
[sacrifícios
enquanto o sangue os seguia com um balido de
[cordeiro.

Foi então
e a terra despertou arrojando trêmulos rios de
[traça.

Nova York, 18 de outubro de 1929.

LLANTO POR IGNACIO SÁNCHEZ MEJÍAS
(1935)

Rostro con flechas / Rosto com flechas

PRANTO POR IGNACIO SÁNCHEZ MEJÍAS
(1935)

Rostro en forma de corazón / Rosto em forma de coração

*A MI QUERIDA AMIGA
ENCARNACION LOPEZ JULVEZ*

*À MINHA QUERIDA AMIGA
ENCARNACION LOPEZ JULVEZ*

1

LA COGIDA Y LA MUERTE

A las cinco de la tarde.
Eran las cinco en punto de la tarde.
Un niño trajo la blanca sábana
a las cinco de la tarde.
Una espuerta de cal ya prevenida
a las cinco de la tarde.
Lo demás era muerte y solo muerte
a las cinco de la tarde.

El viento se llevó los algodones
a las cinco de la tarde.
Y el óxido sembró cristal y níquel
a las cinco de la tarde.
Ya luchan la paloma y el leopardo
a las cinco de la tarde.
Y un muslo con un asta desolada
a las cinco de la tarde.
Comenzaron los sones del bordón
a las cinco de la tarde.
Las campanas de arsénico y el humo
a las cinco de la tarde.
En las esquinas grupos de silencio
a las cinco de la tarde.

1

A CAPTURA E A MORTE

Às cinco horas da tarde.
Eram cinco da tarde em ponto.
Um menino trouxe o branco lençol
às cinco horas da tarde.
Uma esporta de cal já prevenida
às cinco horas da tarde.
O mais era morte e somente morte
às cinco horas da tarde.

  O vento levou os algodões
às cinco horas da tarde.
E o óxido semeou cristal e níquel
às cinco horas da tarde.
Já lutam a pomba e o leopardo
às cinco horas da tarde.
E uma coxa para um chifre destroçada
às cinco horas da tarde.
Começaram os sons do bordão
às cinco horas da tarde.
Os sinos de arsênico e a fumaça
às cinco hora da tarde.
Nas esquinas grupos de silêncio
às cinco horas da tarde.

¡Y el toro solo corazón arriba!
a las cinco de la tarde.
Cuando el sudor de nieve fue llegando
a las cinco de la tarde,
cuando la plaza se cubrió de yodo
a las cinco de la tarde,
la muerte puso huevos en la herida
a las cinco de la tarde.
A las cinco de la tarde.
A las cinco en punto de la tarde.

   Un ataúd con ruedas es la cama
a las cinco de la tarde.
Huesos y flautas suenan en su oído
a las cinco de la tarde.
El toro ya mugía por su frente
a las cinco de la tarde.
El cuarto se irisaba de agonía
a las cinco de la tarde.
A lo lejos ya viene la gangrena
a las cinco de la tarde.
Trompa de lirio por las verdes ingles
a las cinco de la tarde.
Las heridas quemaban como soles
a las cinco de la tarde,
y el gentío rompía las ventanas
a las cinco de la tarde.
A las cinco de la tarde.
¡Ay qué terribles cinco de la tarde!
¡Eran las cinco en todos los relojes!
¡Eran las cinco en sombra de la tarde!

E o touro com todo o coração, para a frente!
às cinco horas da tarde.
Quando o suor de neve foi chegando
às cinco horas da tarde,
quando a praça se cobriu de iodo
às cinco horas da tarde,
a morte botou ovos na ferida
às cinco horas da tarde.
Às cinco horas da tarde.
Às cinco em ponto da tarde.

  Un ataúde com rodas é a cama
às cinco horas da tarde.
Ossos e flautas soam-lhe ao ouvido
às cinco horas horas da tarde.
Por sua frente já mugia o touro
às cinco horas da tarde.
O quarto se irisava de agonia
às cinco da tarde.
De longe já se aproxima a gangrena
às cinco horas da tarde.
Trompa de lírio pelas verdes virilhas
às cinco horas da tarde.
As feridas queimavam como sóis
às cinco horas da tarde,
e as pessoas quebravam as janelas
às cinco horas da tarde.
Às cinco horas da tarde.
Ai que terríveis cinco horas da tarde!
Eram cinco horas em todos os relógios!
Eram cinco horas da tarde em sombra!

2

LA SANGRE DERRAMADA

¡Que no quiero verla!

Dile a la luna que venga,
que no quiero ver la sangre
de Ignacio sobre la arena.

¡Que no quiero verla!

La luna de par en par.
Caballo de nubes quietas,
y la plaza gris del sueño
con sauces en las barreras.

¡Que no quiero verla!
Que mi recuerdo se quema.
¡Avisad a los jazmines
con su blancura pequeña!

¡Que no quiero verla!

La vaca del viejo mundo
pasaba su triste lengua
sobre un hocico de sangres

2

O SANGUE DERRAMADO

Não quero vê-lo!

Dize à lua que venha,
que não quero ver o sangue
de Ignacio sobre a areia.

Não quero vê-lo!

A lua de par em par.
Cavalo de nuvens quietas,
e a praça cinza do sonho
com salgueiros nas barreiras.

Não quero vê-lo!
Que se me queima a recordação.
Avisai aos jasmins
com sua brancura pequena!

Não quero vê-lo!

A vaca do velho mundo
passava a língua triste
sobre um focinho de sangues

derramadas en la arena
y los toros de Guisando,
casi muerte y casi piedra,
mugieron como dos siglos
hartos de pisar la tierra.
No.
¡Que no quiero verla!

  Por las gradas sube Ignacio
con toda su muerte a cuestas.
Buscaba el amanecer,
y el amanecer no era.
Busca su perfil seguro,
y el sueño lo desorienta.
Buscaba su hermoso cuerpo
y encontró su sangre abierta.
¡No me digáis que la vea!
No quiero sentir el chorro
cada vez con menos fuerza;
ese chorro que ilumina
los tendidos y se vuelca
sobre la pana y el cuero
de muchedumbre sedienta.
¡Quién me grita que me asome!
¡No me digáis que la vea!

  No se cerraron sus ojos
cuando vio los cuernos cerca,
pero las madres terribles
levantaron la cabeza.
Y a través de las ganaderías,
hubo un aire de voces secretas
que gritaban a toros celestes,
mayorales de pálida niebla.

derramados sobre a areia,
e os touros de Guisando,
quase morte e quase pedra,
mugiram como dois séculos
fartos de pisar a terra.
Não.
Não quero vê-lo!

   Pelos degraus sobe Ignacio
com toda sua morte às costas.
Buscava o amanhecer,
e o amanhecer não era.
Busca o seu perfil seguro,
e o sonho o desorienta.
Buscava o seu formoso corpo
e encontrou seu sangue aberto.
Não me digais que o veja!
Não quero sentir o jorro
cada vez com menos força;
esse jorro que ilumina
os palanques e se verte
sobre a pelúcia e o couro
de multidão sedenta.
Quem grita que eu apareça?
Não me digais que o veja!

   Não se fecharam seus olhos
quando viu os chifres perto,
mas as mães terríveis
levantaram a cabeça.
E através das manadas,
houve um ar de vozes secretas
que gritavam a touros celestes,
maiorais de pálida névoa.

No hubo príncipe en Sevilla
que comparársele pueda,
ni espada como su espada,
ni corazón tan de veras.
Como un río de leones
su maravillosa fuerza,
y como un torso de mármol
su dibujada prudencia.
Aire de Roma andaluza
le doraba la cabeza
donde su risa era un nardo
de sal y de inteligencia.
¡Qué gran torero en la plaza!
¡Qué gran serrano en la sierra!
¡Qué blando con las espigas!
¡Qué duro con las espuelas!
¡Qué tierno con el rocío!
¡Qué deslumbrante en la feria!
¡Qué tremendo con las últimas
banderillas de tiniebla!

  Pero ya duerme sin fin.
Ya los musgos y la hierba
abren con dedos seguros
la flor de su calavera.
Y su sangre ya viene cantando:
cantando por marismas y praderas,
resbalando por cuernos ateridos,
vacilando sin alma por la niebla,
tropezando con miles de pezuñas
como una larga, oscura, triste lengua,
para formar un charco de agonía
junto al Guadalquivir de las estrellas.
¡Oh blanco muro de España!

Não houve príncipe em Sevilha
que comparar-se-lhe possa,
nem espada como a sua espada
nem coração tão deveras.
Como um rio de leões
sua maravilhosa força,
e como um torso de mármore
sua marcada prudência.
Um ar de Roma andaluza
lhe dourava a cabeça
onde seu riso era um nardo
de sal e de inteligência.
Que grande toureiro na praça!
Que grande serrano na serra!
Quão brando com as espigas!
Quão duro com as esporas!
Quão terno com o rocio!
Quão deslumbrante na feira!
Quão tremendo com as últimas
bandarilhas tenebrosas!

  Porém já dorme sem fim.
Já os musgos e já a erva
abrem com dedos seguros
a flor de sua caveira.
E o sangue já vem cantando:
cantando por marismas e pradarias,
resvalando por chifres enregelados,
vacilando sem alma pela névoa,
tropeçando com cascos aos milhares
como uma longa, escura, triste língua,
para formar um charco de agonia
junto ao Guadalquivir das estrelas.
Oh! branco muro de Espanha!

¡Oh negro toro de pena!
¡Oh sangre dura de Ignacio!
¡Oh ruiseñor de sus venas!
No.
¡Que no quiero verla!
Que no hay cáliz que la contenga,
que no hay golondrinas que se la beban,
no hay escarcha de luz que la enfríe,
no hay canto ni diluvio de azucenas,
no hay cristal que la cubra de plata.
No.
¡¡Yo no quiero verla!!

Oh! negro touro de pena!
Oh! sangue duro de Ignacio!
Oh! rouxinol de suas veias!
Não.
Não quero vê-lo!
Não há cálice que o contenha,
não há andorinhas que o bebam,
não há escarcha de luz que o esfrie,
não há canto nem dilúvio de açucenas,
não há cristal que o cubra de prata.
Não.
Eu não quero vê-lo!!

3

CUERPO PRESENTE

La piedra es una frente donde los sueños gimen
sin tener agua curva ni cipreses helados.
La piedra es una espalda para llevar al tiempo
con árboles de lágrimas y cintas y planetas.

Yo he visto lluvias grises correr hacia las olas
levantando sus tiernos brazos acribillados,
para no ser cazadas por la piedra tendida
que desata sus miembros sin empapar la sangre.

Porque la piedra coge simientes y nublados,
esqueletos de alondras y lobos de penumbra;
pero no da sonidos, ni cristales, ni fuego,
sino plazas y plazas y otras plazas sin muros.

Ya está sobre la piedra Ignacio el bien nacido.
Ya se acabó; ¿qué pasa? Contemplad su figura:
la muerte le ha cubierto de pálidos azufres
y le ha puesto cabeza de oscuro minotauro.

Ya se acabó. La lluvia penetra por su boca.
El aire como loco deja su pecho hundido,

3

CORPO PRESENTE

A pedra é uma fronte onde os sonhos gemem
sem água curva nem ciprestes gelados.
A pedra é uma espádua para levar ao tempo
com árvores de lágrimas e cintas e planetas.

Eu vi chuvas cinzentas correrem rumo às ondas
levantando seus ternos braços esburacados,
para não ser caçadas pela pedra estendida
que desfaz seus membros sem se empapar de sangue.

Porque a pedra recolhe sementes e nuvens,
ossadas de calhandras e lobos de penumbra;
mas não produz sons, nem cristais, nem fogo,
senão praças e praças e outras praças sem muros.

Já está sobre a pedra Ignacio, o bem-nascido.
Já se acabou; o que acontece? Contemplai a sua figura:
a morte o cobriu de pálidos enxofres
e pôs-lhe uma cabeça de escuro minotauro.

Já se acabou. A chuva penetra-lhe pela boca.
O ar como louco escapa de seu peito afundado,

y el Amor, empapado con lágrimas de nieve,
se calienta en la cumbre de las ganaderías.

¿Qué dicen? Un silencio com hedores reposa.
Estamos con una cuerpo presente que se esfuma,
con una forma clara que tuvo ruiseñores
y la vemos llenarse de agujeros sin fondo.

¿Quién arruga el sudario? ¡No es verdad lo que
[dice!
Aquí no canta nadie, ni llora en el rincón,
ni pica las espuelas, ni espanta la serpiente:
aquí no quiero más que los ojos redondos
para ver ese cuerpo sin posible descanso.

Yo quiero ver aquí los hombres de voz dura.
Los que doman caballos y dominan los ríos:
los hombres que les suena el esqueleto y cantan
con una boca llena de sol y pedernales.

Aquí quiero yo verlos. Delante de la piedra.
Delante de este cuerpo con las riendas quebradas.
Yo quiero que me enseñen dónde está la salida
para este capitán atado por la muerte.

Yo quiero que me enseñen un llanto como um río
que tenga dulces nieblas y profundas orillas,
para llevar el cuerpo de Ignacio y que se pierda
sin escuchar el doble resuello de los toros.

Que se pierda en la plaza redonda de la luna
que finge cuando niña doliente res inmóvil;
que se pierda en la noche sin canto de los peces
y en la maleza blanca del humo congelado.

e o Amor, empapado de lágrimas de neve,
se aquece no topo dos currais.

Quem dizem? Um silêncio com fedores repousa.
Estamos com um corpo presente que se esfuma,
com uma forma clara onde rouxinóis havia
e vêmo-la encher-se de buracos sem fundo.

Quem enruga o sudário? Não é verdade o que
[diz!
Aqui ninguém mais canta, nem chora lá no lado,
nem aplica as esporas, nem espanta a serpente:
aqui não quero nada mais que os olhos redondos
para ver esse corpo sem possível descanso.

Eu quero ver aqui os homens de voz dura.
Os que domam cavalos e dominam os rios:
os homens cuja ossada ressoa, e cantam
com uma boca cheia de sol e pedernais.

Aqui eu quero vê-los. Diante da pedra.
Diante deste corpo com as rédeas arrebentadas.
Eu quero que me mostrem onde está a saída
para este capitão atado pela morte.

Eu quero que me mostrem um pranto com um rio
que tenha doces névoas e praias profundas,
para levar o corpo de Ignacio e que se perca
sem escutar o duplo resfolegar dos touros.

Que se perca na praça redonda da lua
que finge ao ser menina dolente rês imóvel;
que se perca na noite sem canto dos peixes
e na maleza branca do fumo congelado.

No quiero que le tapen la cara con pañuelos
para que se acostumbre con la muerte que lleva.
Vete, Ignacio: No sientas el caliente bramido.
Duerme, vuela, reposa: ¡También se muere el mar!

Não quero que lhe tapem o rosto com lenços
para que se acostume com a morte que leva.
Vai-te, Ignacio: Não ouças o candente bramido.
Dorme, voa, repousa: O mar também morre!

4

ALMA AUSENTE

No te conoce el toro ni la higuera,
ni caballos ni hormigas de tu casa.
No te conoce el niño ni la tarde
porque te has muerto para siempre.

No te conoce el lomo de la piedra,
ni el raso negro donde te destrozas.
No te conoce tu recuerdo mudo
porque te has muerto para siempre.

El otoño vendrá con caracolas,
uva de niebla y montes agrupados,
pero nadie querrá mirar tus ojos
porque te has muerto para siempre.

Porque te has muerto para siempre,
como todos los muertos de la Tierra,
como todos los muertos que se olvidan
en un montón de perros apagados.

No te conoce nadie. No. Pero yo te canto.
Yo canto para luego tu perfil y tu gracia.
La madurez insigne de tu conocimiento.

4

ALMA AUSENTE

O touro não te conhece, nem a figueira,
nem cavalos nem formigas de tua casa.
O menino não te conhece, nem a tarde,
porque morreste para sempre.

O lombo da pedra não te conhece,
nem o chão negro em que te destroças.
Nem te conhece a tua recordação muda,
porque morreste para sempre.

O outono virá com caracóis,
uva de névoa e montes agrupados,
mas ninguém quererá mirar teus olhos,
porque morreste para sempre.

Porque morreste para sempre,
como todos os mortos da Terra,
como todos os mortos que se olvidam
em um montão de cachorros apagados.

Ninguém te conhece. Não. Porém eu te canto.
Eu canto sem tardança teu perfil e tua graça.
A madureza insigne do teu conhecimento.

Tu apetencia de muerte y el gusto de su boca.
La tristeza que tuvo tu valiente alegría.

 Tardará mucho tiempo en nacer, si es que nace,
un andaluz tan claro, tan rico de aventura.
Yo canto su elegancia con palabras que gimen
y recuerdo una brisa triste por los olivos.

A tua apetência de morte e o gosto de sua boca.
A tristeza que teve a tua valente alegria.

  Tardará muito tempo em nascer, se é que nasce,
um andaluz tão claro, tão rico de aventura.
Canto-lhe a elegância com palavras que gemem
e recordo uma triste brisa nos olivais.

Impresso na **Prol** editora gráfica ltda.
03043 Rua Martim Burchard, 246
Brás - São Paulo - SP
Fone: (011) 270-4388 (PABX)
com filmes fornecidos pelo Editor.